DIS-MOI POURQUOI

Claude Halmos, psychanalyste formée par Jacques Lacan et Françoise Dolto, est une spécialiste de l'enfance connue pour ses interventions sur France Info et dans le magazine *Psychologies*. Elle a déjà écrit de nombreux livres sur la question : *Parler, c'est vivre*, *Pourquoi l'amour ne suffit pas*, *Grandir* ou encore *L'Autorité expliquée aux parents*.

Paru dans Le Livre de Poche :

L'AUTORITÉ EXPLIQUÉE AUX PARENTS

GRANDIR

PARLER, C'EST VIVRE

CLAUDE HALMOS

Dis-moi pourquoi

Parler à hauteur d'enfant

FAYARD
avec PSYCHOLOGIES MAGAZINE

ISBN : 978-2-253-17330-4 – 1re publication LGF

À HAUTEUR D'ENFANT

Faut-il parler aux enfants ? Faut-il répondre à leurs interrogations ? Qui poserait aujourd'hui ces questions aux parents obtiendrait sans nul doute une majorité de « oui ». Et même probablement de « oui » offusqués que l'on puisse considérer la chose comme n'allant pas de soi.

Écouter les enfants, les informer, dialoguer avec eux est devenu une évidence, ressassée à longueur de livres, d'émissions, de magazines. Qui oserait encore, drapé dans son bon droit et sa dignité, avouer qu'il renvoie son fils ou sa fille à ces fins de non-recevoir (« On ne parle pas de ça ! », « Tu le sauras quand tu seras plus grand ! », « Tais-toi, ce n'est pas de ton âge ! » et autres « On ne parle pas à table ! ») dont tant de générations ont pâti ?

On pourrait donc croire le combat de la parole définitivement gagné.

Illusion ! Il est fort loin de l'être. Si la nouvelle n'est pas réjouissante, elle n'est, à bien y réfléchir, guère étonnante. N'en déplaise aux bonnes âmes, toujours promptes à donner, du haut de leur piédestal et sous couvert de conseils, des leçons aux parents

(« Mais enfin, madame, il faut lui parler, à votre fils ! »), parler aux enfants est une tâche d'une impressionnante complexité. Parce que leur parler vraiment, avoir avec eux un véritable dialogue implique de pouvoir les considérer comme des personnes sensées, respectables et capables de comprendre ce qu'on leur dit, sans pour autant les prendre (et surtout leur permettre de se prendre) pour des adultes.

Entreprise en forme de pari, toujours aux limites du possible, qui suppose ni plus ni moins de conjuguer la parole au temps de l'enfance, un terme qu'en l'occurrence il convient de définir. Car, pour que l'entreprise ait un sens, cette enfance doit être conçue comme un temps durant lequel l'être humain n'est pas encore arrivé au terme de son développement physique et psychique. Un temps durant lequel il se construit sur ces deux plans et ne peut donc encore, ni sur l'un ni sur l'autre, déployer toutes ses capacités. Mais un temps durant lequel, loin d'être, du fait de cette construction en marche, un « pas encore », un « pas tout à fait », un « moins qu'un adulte », l'enfant est au contraire une personne à part entière. Essentiellement différente de l'adulte, certes. Et qui requiert de cet adulte éducation et protection, mais une personne tout aussi valable que lui. Ou, pour le dire autrement, à égalité d'être avec lui.

Une telle conception de l'enfant ne va pas de soi. Elle bouleverse même radicalement un certain nombre d'idées reçues puisqu'elle pose que le désir de l'enfant a la même légitimité que celui de l'adulte, et sa parole la même valeur que la sienne. Elle ne permet donc plus de s'appuyer sur l'inachèvement de son développement pour faire de lui, comme on l'a fait si longtemps, un sous-être, une sous-grande personne.

Mais cette conception, du fait de son caractère paradoxal, est aussi difficile à appréhender qu'à admettre. Et d'autant plus malaisée à mettre en œuvre qu'elle oblige l'adulte à jongler avec des contradictions.

Dans cette optique, en effet, l'enfant est posé comme être à part entière, avec les droits que cela suppose (droit à la parole, à l'écoute et au respect). Mais il est aussi défini comme… enfant. C'est-à-dire comme un être en construction qui a besoin – et c'est pour lui vital – que des adultes l'éduquent. Autrement dit, pour le formuler avec des mots qui pourraient être les siens, « le commandent ». Comment, dans ces conditions, les adultes peuvent-ils s'autoriser à le faire ? Comment peuvent-ils articuler ces deux exigences : le considérer à la fois comme une personne à part entière et comme un enfant ?

L'exercice s'apparente au quotidien à un jeu d'équilibriste et les risques de dérapage sont inévitables et permanents pour le parent (et pour tout éducateur). Il peut à chaque instant chuter d'un côté ou de l'autre de son fil. Il peut en venir, le traitant sans le savoir en inférieur, à parler à son enfant l'un de ces sous-langages supposément adaptés à son âge et qui, en général, même s'ils s'habillent de bons sentiments, s'apparentent à des jargons pour sous-développés. Avec, ce faisant, le danger de briser, en même temps que le dialogue, l'estime que cet enfant peut avoir de lui-même (quelle image peut avoir de lui-même un enfant à qui l'on ne parle qu'en bêtifiant ?). Ou, au contraire, il peut, s'adressant à lui comme à une grande personne, lui ôter tout repère quant à la différence entre adultes et enfants et l'empêcher, par là même, de comprendre quelle est sa place.

Casse-tête donc, s'il en fut… Mais casse-tête des plus modernes. Car cette conception de l'enfant comme être à part entière, condition *sine qua non* pour que le dialogue avec lui ne soit pas du semblant, implique une vision particulière de l'enfance. Elle suppose que celle-ci ne soit plus considérée comme un simple temps de voyage vers l'âge adulte (un passage sur lequel il n'y aurait pas vraiment lieu de s'interroger car seul compterait et seul aurait une valeur le point d'arrivée : la maturité), mais comme une durée, un état consistant et complexe qui mérite d'être pris en compte.

Or une telle conception de l'enfance, si elle nous est aujourd'hui possible, est, il faut le souligner, le produit d'une (très) longue évolution de nos sociétés. Évolution durant laquelle on a vu, au fil des siècles, émerger peu à peu l'idée d'enfant. Car, aussi étonnant que cela puisse paraître, s'il y a toujours eu des « petits d'homme », il n'y a pas toujours eu des « enfants » au sens que nous donnons aujourd'hui à ce terme (au moins dans nos pays nantis[1]).

Cette évolution a été suivie d'une véritable révolution grâce à laquelle on a découvert que ces petits

1. Aujourd'hui encore, des milliers d'enfants de par le monde n'ont, du fait du système économique qui les exploite, aucun droit à l'enfance.

êtres, dont on avait lentement et difficilement pris conscience qu'ils étaient immatures et fragiles, étaient cependant dotés de pensées, de sentiments, d'émotions sans aucun doute particuliers, mais tout aussi complexes que ceux de leurs aînés.

Comment l'enfant parut

Que nous apprennent les historiens, et en premier lieu Philippe Ariès[1] ? Qu'au Moyen Âge, par exemple, l'enfant tel que nous le concevons aujourd'hui n'existe pas. Dès qu'il atteint l'âge de 5 ans, le « petit d'homme » rejoint le monde des adultes et partage leur vie. Et il faut attendre le XVIe et surtout le XVIIe siècle pour que, au moins dans les hautes couches de la société, on commence à le percevoir comme un enfant. Encore ne s'agit-il que d'une enfance très brève, et l'enfant y a un statut particulier.

Jusqu'à la Révolution, en effet, il compte peu et n'est en aucun cas considéré comme un être irremplaçable. Ce dont on aurait tort de s'étonner et plus encore de s'indigner, car, le taux de la mortalité infantile étant alors très élevé, ses chances de survie sont infimes.

De plus, les rapports qui l'unissent à ses géniteurs (à l'instar de ceux qui unissent ces géniteurs entre eux)

1. Philippe Ariès, *L'Enfant et la Vie familiale sous l'Ancien Régime*, Paris, Seuil, 1975.

ne sont en rien des rapports d'amour et de tendresse. L'autorité seule régit les rapports familiaux. Mère et enfants sont soumis au pouvoir absolu du père[1].

L'enfant n'est par ailleurs l'objet d'aucune considération. Quand on s'occupe de lui – Montaigne, dans ses *Essais*, l'atteste –, c'est pour s'amuser de lui comme on le ferait d'un petit animal[2].

En fait, jusqu'au XVIIIe siècle, l'idée d'enfance n'existe pas. On n'a aucune idée de la spécificité de cette période de la vie. L'enfant n'est alors – pour reprendre l'expression de Philippe Ariès – qu'un « adulte en miniature ». Et, l'amour entre parents et enfants, nous l'avons vu, n'existant pas, cet « adulte en miniature » dérange. L'habitude est donc prise de s'en séparer pour l'envoyer en nourrice.

Le deuxième tiers du XVIIIe siècle marque, dans cette conception de l'enfance, un changement considérable. Les idées progressent. Alors que les projecteurs n'étaient jusque-là braqués que sur l'autorité du père, on commence à se préoccuper des sentiments de la mère. On la crédite d'un amour maternel. Parallèlement, les encyclopédistes dessinent une nouvelle image de l'enfant : celle d'un être immature qui a besoin de l'éducation et de la protection des adultes et dont ils mettent en avant le bien. Pour la première fois, le lien entre parents et enfants est valorisé, et cette émergence de l'amour pour l'enfant marque

---

1. Élisabeth Badinter, *L'Amour en plus*, Paris, Flammarion, coll. « Champs », 1981.

2. Montaigne, *Essais*, II, 8, cité par Philippe Ariès in *L'Enfant et la Vie familiale sous l'Ancien Régime*, *op. cit.*, p. 62.

dans la société un tournant fondamental. À tel point qu'il signe, nous dit Philippe Ariès, l'avènement de la famille moderne.

À cette époque, on débat de l'éducation. La durée des études s'allonge (pour les garçons), et avec elle le temps concédé à l'enfance. Un souci du corps de l'enfant commence à se faire jour. Des médecins hygiénistes s'élèvent contre l'emmaillotage, qui entrave les corps, et contre le recours systématique aux nourrices. Celles-ci allaitaient les enfants jusqu'à 2 ou 3 ans dans des conditions sanitaires et affectives déplorables. Autre changement notable : la charge des enfants abandonnés est désormais assumée par l'État. L'Assistance publique est créée en 1793.

Le XIXe siècle ou l'apparition de l'enfance

Au XIXe siècle se met en place une grande partie de ce que nous connaissons aujourd'hui en matière d'enfance (et que nous croyons souvent né beaucoup plus tard). Un enfant l'inaugure. Il est « sauvage » et on le découvre le 9 janvier 1800 dans l'Aveyron. On le confie au médecin Jean Itard, qui le prénomme « Victor », l'éduque et publie sur lui deux mémoires, qui inspireront François Truffaut un siècle et demi plus tard. Victor pose à ses contemporains le problème du passage de l'état de nature à la vie sociale et annonce un siècle où l'enfant devient un être à observer et à expliquer. L'utopiste Fourier rêve son éducation. On observe ses propres enfants. Et cette observation conduit à leur octroyer une place particulière.

Dans les classes aisées, on leur accorde un espace dans la maison, avec des meubles à leur taille, des jouets, un matériel spécialisé (trotteur, table à langer) et des vêtements. Le « costume marin », qui fut pendant des décennies l'uniforme des enfants de la bourgeoisie, naît à la fin du XIXe siècle.

La vie familiale s'organise autour des enfants : pour mieux les élever, on a désormais le souci qu'ils soient moins nombreux. Et les changements dépassent le cadre de la famille pour gagner toute la société. On assiste à la naissance de la puériculture et d'une pédiatrie scientifique. Le premier service de pédiatrie ouvre à l'hôpital des Enfants malades en 1802, la première consultation de nourrissons en 1892 à l'hôpital de la Charité. La première crèche est créée à Paris en 1884. On se préoccupe aussi des handicaps : Louis Braille met au point sa méthode, et l'instituteur Édouard Seguin ouvre à l'hôpital de Bicêtre la première classe pour enfants « arriérés ».

Des bâtiments scolaires adaptés sont construits, on met au point des méthodes pédagogiques, un matériel et des manuels spécialisés. Le baccalauréat est institué en 1808, la première école maternelle en 1881. La justice sépare, elle aussi, les enfants des adultes. En 1836, une première prison pour enfants est créée : la Petite Roquette. La vie y est cependant tellement abominable[1] qu'elle sera fermée vingt ans

1. Nadeije Laneyrie-Dagen (dir.), *Les Grands Événements de l'histoire des enfants*, Paris, Larousse, 1995, et Claude Halmos, *Pourquoi l'amour ne suffit pas*, Paris, Nil Éditions, 2006 ; rééd. Pocket, 2008.

plus tard et les enfants envoyés dans des colonies agricoles. Cependant, il ne faut pas l'oublier, en ce XIXe siècle (qui est aussi celui de l'invention du Père Noël), la vie est loin d'être rose pour tous les enfants. La mortalité infantile est considérable. Les femmes meurent fréquemment en couches et le fossé se creuse entre les enfants riches et ceux des classes pauvres, qui ne bénéficient d'aucun progrès. Ils n'ont ni espace, ni vêtements, ni jouets à eux. Et, surtout, ils travaillent dès leur plus jeune âge dans des conditions effroyables. En 1882, Jules Ferry rend enfin l'école obligatoire de 6 à 13 ans. C'est pour tous les enfants un progrès colossal.

Le XXe siècle ou la révolution de l'enfance

Dès le début du XXe siècle, le souci de l'enfant s'amplifie. On promeut des expériences pédagogiques : Maria Montessori en Italie, Anton Makarenko en URSS, « Summerhill » en Angleterre, Célestin Freinet en France. On commence à s'occuper de la protection des enfants : la première loi contre l'inceste est votée en Angleterre en 1908. L'enfant, quantité autrefois négligeable, est devenu un personnage qui compte, et la publicité ne s'y trompe pas. Elle affiche en 1912 sur les murs de Paris le « Bébé Cadum » et fabrique, deux ans plus tard, de terribles cartes postales sur lesquelles des bébés casqués et baptisés « Graines de Poilus » font l'éloge d'une guerre qui laissera pourtant nombre d'entre eux sans père.

C'est cependant après la Seconde Guerre mondiale que le tournant décisif s'opère.

Pendant celle-ci les enfants ne sont pas épargnés : assassinés par milliers dans les camps nazis parce qu'ils sont juifs ou tziganes, embrigadés en Allemagne dans les Jeunesses hitlériennes, fabriqués sur mesure pour construire la race aryenne dans le cadre du « Lebensborn », etc.

Au sortir de la tourmente, la période de l'après-guerre et surtout les années 1960-70 bouleversent radicalement la vie des enfants. Les changements sont dus à la fois au boom économique, aux progrès de la médecine et aux acquis des luttes sociales (celles des femmes notamment). Ils sont de plusieurs ordres :

– Le rapport à l'enfant change. Il est de moins en moins un « fardeau » : la contraception et la légalisation de l'avortement permettent de décider de sa venue ; l'accouchement « sans douleur », de le faire naître dans de meilleures conditions. La protection sociale et les innovations techniques facilitent la vie matérielle.

– La vie de l'enfant, qui, à la fin de la Première Guerre mondiale, était encore menacée (45 enfants sur 1 000 naissaient mort-nés, et, parmi les vivants, 5 sur 1 000 mouraient avant un mois et 15 sur 1 000 avant 1 an), est de mieux en mieux protégée. La famille, qui n'est plus submergée par les angoisses de mort ou écrasée par le quotidien, devient plus disponible pour accueillir une relation avec l'enfant.

– On s'intéresse à l'enfant de plus en plus jeune. Le XIXe siècle avait reconnu l'importance de la période 0-6 ans ; la psychologie et la médecine avancent désormais dans l'exploration de la phase 0-3 ans, se préoccupent davantage du nourrisson et même du fœtus. Les crèches modernes datent de 1945 et les psychologues y entrent en 1960.

Enfin, après s'être séparée peu à peu, au fil des siècles, de celle des adultes, une justice spécifique pour les mineurs est mise en place en 1945, fondée sur un texte : l'ordonnance du 2 février 1945.

L'enfant devient une personne

Enfin, et c'est le changement majeur de la seconde partie du XXe siècle, la représentation que l'on se fait de l'enfant change. Il n'est plus considéré comme un organisme physique qui parviendrait peu à peu à la conscience, mais comme une personne, et ce, dès son plus jeune âge.

Dans cette transformation de l'image de l'enfant, la psychanalyse a joué un rôle essentiel. Elle a montré à la fois la complexité du psychisme des enfants, la part prise par les adultes dans leur construction, et affirmé l'importance déterminante de l'enfance pour le reste de l'existence. Et cette importance n'est pas restée seulement théorique puisque, l'ayant découverte dans la douleur sur le divan, plusieurs générations d'« analysants » ont pu, à leur tour, la revendiquer et écouter autrement les enfants. En fait, en faisant de l'enfant le maître du destin de l'adulte, la psychanalyse a inversé le rapport imaginaire adulte/enfant et rendu incontournable la prise en compte (et en charge) du psychisme de ce dernier. Elle a donc joué un rôle décisif avant la Seconde Guerre mondiale, grâce aux psychanalystes qui, après Freud, ont commencé à analyser des enfants (Hermine von Hug-Hellmuth, Anna Freud, Melanie Klein). Puis, après guerre, grâce à tous ceux qui ont fondé des institutions (comme Bettelheim à Chicago en 1947) ou se sont investis dans les secteurs où l'on s'occupait d'enfants. Bataillant pour que l'on prenne en compte leur désir et leur histoire dans des lieux où, jusqu'aux années 1960, on attachait encore les enfants agités, où les nourrissons tétaient seuls, le biberon calé entre des langes. Grâce à ceux aussi qui, s'éloignant du monde des spécialistes et de son langage souvent peu accessible, n'ont pas hésité à intervenir dans les médias pour permettre, grâce à une parole claire, à ce que l'on appelle le « grand public » de prendre conscience de l'importance de l'enfance. Au premier rang de ces pionniers : en Angleterre, le psychanalyste Donald Winnicott, et, en France, la psychanalyste Françoise Dolto.

Françoise Dolto ou la découverte de l'enfance

Dans cette lutte pour faire entendre l'enfance, Françoise Dolto a joué un rôle aussi original que déterminant. Pédiatre de formation, elle fut une remarquable théoricienne du développement de l'enfant et de son éducation ainsi qu'une psychanalyste à l'exceptionnel talent clinique. L'apparente facilité avec laquelle elle parvenait à décrypter les conduites même les plus mystérieuses des enfants, les plus sibyllines de leurs déclarations, les plus cachées de leurs souffrances, laissait régulièrement pantois tous ceux qui l'approchaient ou l'écoutaient. Sa clairvoyance avait fait d'elle une légende. On rapportait ses explications novatrices et lumineuses, ses guérisons quasiment miraculeuses. Devenue pour beaucoup un mythe, elle avait, dans le monde des professionnels de l'enfance, pris rang de personnage incontournable, et on n'était pas loin de la penser devineresse, sorcière, magicienne.

Elle ne l'était pas. Et revendiquait même avec la plus grande vigueur de ne pas l'être, ne manquant jamais de rappeler à quiconque s'émerveillait de sa compréhension qu'elle ne faisait qu'appliquer aux enfants qu'elle recevait ce que d'autres enfants lui avaient appris. Et cette affirmation n'était le fait ni de sa modestie ni d'une quelconque volonté démagogique de faire l'éloge des enfants.

Françoise Dolto avait bel et bien été à l'école des enfants. Et elle avait bel et bien été enseignée par eux. Elle avait pu l'être car, si elle n'était pas sorcière et ne jouissait d'aucun pouvoir surnaturel, elle avait cependant un génie qui lui était propre. Les enfants en effet ont une façon particulière de vivre, de penser, d'imaginer, de ressentir les choses, et une façon particulière d'en parler. Si particulière que l'on pourrait (même si l'image est évidemment impropre) les décrire comme un peuple, le « peuple enfant ». Un peuple pourvu d'une culture et d'une langue spécifiques. Si l'on accepte de retenir cette image, on peut poser que Françoise Dolto parlait la langue des enfants, qu'elle avait accès à la culture des enfants et qu'elle était dans le monde des enfants aussi à l'aise que si elle était encore une enfant. Autrement dit, que, bien que devenue adulte, elle avait gardé une faculté d'être de plain-pied dans le monde de l'enfance, faculté que les autres êtres humains perdent au fur et à mesure qu'ils grandissent. Et l'on peut poser que, ce faisant, elle était un cas unique.

Pour les adultes que nous sommes, en effet, le quotidien de l'enfance n'est plus disponible comme tel. Si, usant d'une métaphore bancale, on imagine le passage de l'état d'enfant à celui d'adulte sur le mode d'une transformation chimique, on peut dire que les composants de l'opération initiale ne nous sont plus accessibles comme tels. L'enfance, tapie dans l'inconscient, ne cesse bien sûr de diriger nos pas, mais le conscient en a perdu les traces, et même l'analyse – qui travaille à rebours les éléments de l'opération chimique – ne nous en livre le plus souvent que des bribes très réélaborées.

De là vient sans doute que le monde des enfants nous est « étranger », au sens premier du terme. Ce monde se trouve de l'autre côté d'une frontière qui n'est pas dans l'espace mais dans le temps, en arrière. Et de là vient sans doute aussi que si peu d'écrivains, si peu de cinéastes ont su mettre en scène l'enfance. On filme irrémédiablement les enfants comme d'en haut, on les décrit comme d'en haut. Comme dans ce spectacle de la rue qui donne à voir si souvent un membre de la tribu des grands traînant par la main un membre de la tribu des petits pour le faire avancer à son rythme… sûr de son bon droit, comme toujours quand on est dans l'ignorance. Les grandes personnes, elles, ont des choses importantes à faire !

À cette inéluctable rançon du « devenir adulte », il faudrait ajouter, pour être complet, la dimension subjective, c'est-à-dire la propension qu'a chacun de nous à mettre à distance les désirs, les peurs et les jouissances de l'enfance quand le refoulement lui en a laissé l'encombrante disponibilité. Tout ce fatras de greniers personnels que les parents ont tant de mal à exhumer quand ils viennent interroger l'analyste sur leur façon d'être parents.

À tout cela le psychanalyste n'échappe pas plus que les autres. S'il n'a pu, lui, dans son trajet, faire l'économie d'aller voir – comme on dit – du côté de « l'enfant en lui », si sa pratique d'analyste ne cesse de le contraindre à mettre au travail cet enfant en lui, il ne s'agit – si l'on peut dire – que d'inconscient. Pour ce qui est du conscient, l'analyste n'est guère plus avancé que les autres. La « langue » des enfants est devenue pour lui à tout jamais une langue étrangère.

Or, à ce niveau, l'œuvre de Françoise Dolto a introduit une rupture par rapport à tout ce que notre culture comptait de travaux sur l'enfance. Si, avant elle, tous ceux qui avaient travaillé sur l'enfance étaient des traducteurs de l'enfance – avec ce qu'implique d'écarts inévitables une traduction –, Françoise Dolto, parce qu'elle continuait de parler la langue des enfants, a été passeur de leur parole et l'a fait entendre à toute une génération.

Elle a fait entendre leur langue et ses particularités. Car s'il n'existe pas de signifiants propres aux enfants, il existe, par contre, une façon particulière de s'exprimer qu'ont les enfants entre eux. Un beau-père pour un enfant, dit Françoise Dolto, c'est souvent seulement un père qui est beau. Remarque qui complique singulièrement les choses, car c'est un fait : un père qui est beau, ce n'est pas forcément un beau-père…

À une société d'adultes qui a coutume de se gausser, de s'émerveiller ou de bêtifier devant les « têtes d'oreillers » et autres « gros codiles » de sa progéniture, Françoise Dolto a donné à entendre qu'il ne s'agissait pas là d'un trop peu d'apprentissage ou d'un manque de maturité, mais d'un processus complexe, d'une manière de témoignage de l'état du chantier de construction de l'humain en devenir.

Attestant l'existence d'une langue « enfant », Françoise Dolto a témoigné de la culture du « peuple enfant ». Pour la majorité des adultes, la vie des enfants n'a pas vraiment de consistance. Elle est faite d'une série d'opérations liées au besoin (manger, boire, dormir, etc.), auxquelles on accepte d'associer quelques ressentis psychiques – il est content, il est coléreux, il est jaloux. Les adultes ont des enfants une vision qui ressemble souvent à celle qu'aurait des fourmis un enfant qui, les voyant passer sur le rebord d'une fenêtre, en conclurait que les fourmis ont bien de la chance d'avoir une vie où l'on est toujours en promenade… Face à cette vision, Françoise Dolto a fait surgir l'épaisseur et la complexité d'un quotidien. Une consistance d'une densité extrême, faite de rapports aux adultes, de rapports aux objets, aux questions de la vie, de rapports aux autres enfants. À la place d'un désert de réductions simplificatrices, elle a fait surgir un savoir d'une richesse extrême. Elle a découvert l'enfance comme d'autres découvrent un continent, et la société ne s'y est pas trompée, qui fait fonctionner l'« œuvre de Dolto » comme une somme encyclopédique sur l'enfance alors même que l'on n'a pas toujours lu ses livres.

D'où lui venait ce talent et de quelle nature était-il ? De quelle alchimie singulière procédait-il ? Comme si un ratage miraculeux du processus habituel de la vie avait donné naissance à une monstruosité géniale : une grande personne qui, tout en devenant adulte, serait aussi restée enfant. Ce n'est pas, la concernant, le moindre des mystères.

Enfant déjà, elle n'est pas dupe du faux, du « toc » du monde des adultes, et, comme d'autres ne cèdent pas sur leur désir, elle ne cède pas sur son savoir d'enfant. Quoi qu'il lui en coûte… Et il lui en coûte… Elle ne cesse de le manifester dans *Enfances*[1] et dans ce document qu'est sa *Correspondance*[2] : l'éclairage indirect, les adultes trouvaient ça beau alors qu'on n'y voyait rien du tout. En quoi ça pouvait être beau qu'on n'y voie rien du tout ? Le roi est nu !

---

1. Voir Françoise Dolto, *Enfances*, Paris, Seuil, coll. « Points Actuels », 1986.

2. Voir Françoise Dolto, *Lettres de jeunesse. Correspondance, 1913-1938*, Paris, Gallimard, 2003.

Elle dit avoir entendu très tôt le décalage entre le monde des enfants et celui des adultes ainsi que la surdité des adultes. Ils s'ingéniaient, dit-elle, médecins en tête, à soigner une indigestion sans entendre que c'était seulement une contrariété que l'enfant n'avait pas digérée.

De cette compréhension naîtra, nous dit-elle, son désir d'être « médecin d'éducation ». Formule doltoïennement ambiguë puisqu'on peut y entendre aussi bien le désir de soigner les enfants que celui de soigner l'éducation que l'on donne aux enfants. Ce qu'elle ne cessera de faire. Choisissant, pour cela, de s'adresser à tous, à la radio. D'abord sur Europe n° 1[1] puis, en 1976, sur France Inter dans une émission quotidienne, *Lorsque l'enfant paraît*.

À l'époque – il est essentiel de le rappeler –, une telle initiative ne va pas de soi : on est alors fort loin de la médiatisation tous azimuts des « psys » que nous connaissons aujourd'hui. Dans les cercles psychanalytiques, l'arrivée de Françoise Dolto sur les ondes fait scandale. Les critiques pleuvent. On l'accuse de dévoyer la psychanalyse en voulant la rendre accessible au plus grand nombre. On crie au blasphème et au sacrilège. On la condamne. Elle n'en a cure.

Sous ses apparences de dame convenable, de bourgeoise bien-pensante, Françoise Dolto est en effet une femme de convictions, passionnée, libre et parfaitement subversive. Elle se moque des on-dit, des cha-

1. Dans une émission qui s'appelait *Docteur X*, car le conseil de l'Ordre des médecins interdisait alors à ses membres toute publicité.

pelles et des convenances. Elle œuvre pour ce qu'elle pense être la vérité, innove, et, comme tous les véritables créateurs, ne cède sur rien et continue sa route en laissant hurler les loups, aussi savants et renommés soient-ils. Et elle gagne. Ou plutôt elle fait gagner les enfants, la cause des enfants, sa Cause.

Elle gagne parce que, parlant d'eux, de leurs joies, de leurs peines, de leurs angoisses, de leurs espoirs et de leurs peurs comme personne auparavant, elle touche au cœur les adultes qui l'écoutent. Tous les adultes. Même ceux qui ne connaissent pas la psychanalyse ou n'en ont que faire. Même ceux qui la connaissent et n'en ont pas que faire parce qu'ils s'en méfient. Elle les touche parce qu'elle ne s'adresse pas à leur raison, mais directement à l'enfant qui gît en eux. Et elle parle à cet enfant. Elle lui parle de ce qu'il a autrefois vécu et que, trop souvent, il n'a pas réussi à faire entendre aux adultes qui l'entouraient. Elle lui dit les mots qu'il aurait eu alors tellement besoin d'entendre, les mots qui l'auraient rassuré, réconforté, délivré.

Jour après jour, telle une cinéaste remontant peu à peu des images que l'on croyait à jamais détruites, Françoise Dolto permet ainsi à toute une génération d'auditeurs de reconstituer le film perdu de leur enfance. Elle leur permet de faire revivre et d'accueillir enfin l'enfant blessé qu'ils furent. Et, parce qu'elle rend justice à cet enfant et à ses souffrances, les auditeurs entendent, sans aucun doute possible, qu'elle dit vrai.

À partir de là, prenant conscience de leurs douleurs passées, les adultes commencent à regarder autrement leur enfance, et par là même leurs enfants, les enfants des autres, tous les enfants. Ils cessent de considérer leurs dessins comme de simples gribouillis sans importance. Ils acceptent de créditer leurs propos d'un sens. Ils les écoutent autrement. Ils les entendent différemment. Ils leur parlent. Dans une société où l'idée d'enfant s'était déjà notablement modifiée, les changements s'accélèrent. L'image de l'enfant se transforme. On croit alors qu'elle ne sera plus jamais ce qu'elle était auparavant, qu'un retour en arrière est impossible. On se trompe.

Le XXIe siècle ou l'enfant en danger

Le temps va passer. Ce temps qui sait si bien émousser le tranchant des révolutions…

Aujourd'hui, trente-cinq ans après *Lorsque l'enfant paraît*, la présence « psy » dans les médias n'est plus une nouveauté. Les « psys » sont partout, pour parler de tout et surtout des enfants.

Victoire de Françoise Dolto ? Victoire de la Cause des enfants ? On aurait tort de le croire. Car, alors que s'étale à longueur de pages et d'écrans cet apparent souci de l'enfance, les enfants n'ont jamais été autant en danger. Tellement en danger qu'on est en droit de se demander si la massive et médiatique présence psy penchée sur leurs berceaux n'est pas là pour servir de cache-misère à une situation où c'est aujourd'hui l'idée même d'enfant qui est menacée.

Dans nombre de domaines essentiels, en effet (et sans que cela soit jamais énoncé ainsi), l'idée d'enfance

– entendue comme temps de construction de l'être humain – est aujourd'hui niée.

Une grande partie de la psychiatrie, ralliée aux théories américaines (qui, niant la singularité des êtres et de leur histoire, considère les symptômes comme des affections généralisables et sans âge), pose sur les enfants des diagnostics d'adultes. Un enfant de 3 ans qui perd son envie et son goût de vivre du fait de problèmes relationnels (que l'on pourrait, en travaillant avec ses parents, aisément repérer et soigner) peut être aujourd'hui déclaré, comme s'il avait 30 ans, « dépressif » et soigné comme tel.

La même psychiatrie refuse par ailleurs de considérer les difficultés des enfants comme des « ratés » – réparables – de leur construction. Et s'acharne à y voir l'effet de déficiences constitutionnelles. L'enfant qui « ne tient pas en place », par exemple, parce que ses parents, prisonniers de leur propre histoire, n'ont pas pu lui signifier sa place (ce qu'ils pourraient faire si on les y aidait), peut ainsi être déclaré atteint d'hyperactivité, la prétendue nouvelle maladie du siècle. Et il pourra être « calmé » artificiellement par des médicaments qui ne règlent rien et dont on ignore tout des effets à long terme.

Parallèlement, des scientifiques (ou supposés tels) prétendent déceler chez les enfants de 2 ou 3 ans des tendances, elles aussi constitutionnelles, qui feraient d'eux à coup sûr les voleurs et les violeurs de demain.

Enfin, la justice des mineurs, l'un des aboutissements les plus importants de la prise de conscience par la société de la spécificité de l'enfance, semble aujourd'hui vouée à la destruction, menacée chaque jour davantage par des politiques qui s'en vont proclamant que les enfants d'aujourd'hui ne seraient plus ceux d'hier, qu'à 12 ans déjà ils seraient des adultes. Et que l'élaboration d'un Code pénal permettant de les juger à cet âge comme leurs aînés serait plus que nécessaire… Douze ans et déjà criminel comme un grand. Criminel en miniature, donc… Comment ne pas y entendre le retour à « l'adulte en miniature » des temps d'avant la « découverte » de l'enfance ? Rappel de sinistre augure s'il en est…

Dans le champ de cette mise à mort programmée de l'idée d'enfance, Françoise Dolto est évidemment régulièrement invoquée. Et elle l'est d'autant plus qu'elle est en général promue pour la circonstance cause de tous les maux.

L'ère du « Dolto a dit » des années 1980 a en effet récemment cédé la place à une autre. Si la société est aujourd'hui tombée dans le ruisseau, c'est, dit-on désormais, « la faute à Dolto ».

Conjuguant le mépris pour l'enfant et la haine pour celle qui défendit leur cause, les détracteurs se déchaînent et s'en donnent à cœur joie en un colossal retour en arrière. Un retour en arrière qui – faut-il s'en étonner ? – prend la forme d'un retour au bâton…

Partant d'un constat justifié, celui d'une indéniable crise de l'éducation[1] qui laisse les enfants dans une

1. Crise dont les causes sont multifactorielles et mériteraient d'être (très) sérieusement étudiées.

dangereuse absence de repères, des idéologues d'un nouveau genre, rétrogrades pères Fouettard, remis pour l'occasion au goût du jour, l'accusent.

En posant que l'enfant est une personne et que l'on ne peut confondre éducation et dressage, Françoise Dolto aurait, à les entendre, prêché le laxisme éducatif, le laisser-faire absolu, et aurait ainsi permis l'émergence de hordes d'enfants-rois et tyrans qui menaceraient la société.

S'appuyant sur cette fable qui n'est soutenable que si l'on n'a pas lu ses livres, ils prônent donc un salutaire retour au « bon vieux temps ». Celui où il n'était pas question de considérer l'enfant comme un être à part entière. Celui surtout où il ne pouvait être question, entre l'adulte et lui, de parole…

Car la bête noire, l'ennemi principal des pères Fouettard, c'est la parole. Celle que l'adulte peut dire à l'enfant et qu'ils refusent car elle amoindrit, disent-ils, le pouvoir absolu que cet adulte se doit d'avoir sur lui[1]. Et celle, surtout, que l'enfant peut en retour lui dire. Les pères Fouettard redoutent par-dessus tout l'enfant qui parle, celui à qui l'on a donné la parole et par là même l'autorisation de la prendre. Ils le redoutent parce que l'enfant qui parle peut, tel le « fou » ou l'artiste, dire la vérité (la sagesse populaire ne pose-t-elle pas qu'elle sort de sa bouche ?). Toutes les vérités. Même celles dont les adultes ont appris qu'elles n'étaient pas toujours « bonnes à dire »

1. Aldo Naouri, *Éduquer ses enfants. L'urgence d'aujourd'hui*, Odile Jacob, 2008, et Didier Pleux, *Génération Dolto*, Odile Jacob, 2008.

(« Maman, pourquoi elle est méchante avec toi ta maman ? »). Même celles qui peuvent les déstabiliser en les forçant à interroger ce qu'ils pensaient trop évident pour l'être (« Comment tu peux être sûr que le Bon Dieu existe, papa ? »). L'enfant qui parle dérange. Il dérange l'ordre établi. Il doit donc, affirment les pères Fouettard, obéir et se taire. Pour son bien, cela va sans dire… De ces affirmations d'un autre siècle, on pourrait évidemment sourire. On le pourrait si elles ne venaient faire dangereusement écho aux politiques qui, s'agissant notamment des problèmes posés à la société par les enfants et les adolescents, refusent eux aussi d'expliquer, de comprendre, de parler. Et préconisent de s'en tenir à sévir et à sanctionner. En accord avec les pères Fouettard, ils proscrivent la parole.

Dès lors, si la nécessité de parler aux enfants fut autrefois une découverte, elle est aujourd'hui – pour ceux en tout cas qui n'entendent nier ni la construction psychique de l'être humain ni la notion d'enfance – un combat. Un combat qu'il est urgent de mener…

Parler aux enfants : de quoi et comment ?

Mais comment mener ce combat ? Une question en effet se pose : si l'on se refuse à condamner les enfants au silence, s'agit-il pour autant de leur parler (et de les laisser parler) de tout et de n'importe quoi ? En aucun cas.

Parler aux enfants suppose de définir un cadre. Un cadre qui revient à se rappeler (et à leur rappeler) leur place.

Contrairement à ce que l'on voudrait aujourd'hui nous faire croire, si Françoise Dolto a souligné l'importance de prendre les enfants au sérieux, elle n'a jamais voulu faire d'eux des « adultes bis » qui pourraient faire la loi, imposer leur volonté et régenter leur famille, loin s'en faut. L'enfant, être à part entière qu'elle promeut, s'il a des droits, n'a pas – il doit l'apprendre – tous les droits. Et il n'a pas que des droits. Il a aussi des devoirs : en premier lieu, celui de respecter les lois du monde (que ses parents ont le devoir de lui enseigner).

De la même façon, si elle a posé la nécessité de parler aux enfants, elle a posé aussi et avec vigueur celle de leur « rabattre le caquet » quand ils prétendent discuter de tout et d'abord de ce qui ne les concerne pas. Un enfant doit avoir une place, ne cessait-elle de marteler. Il ne doit pas avoir toute la place. D'où la nécessité de savoir, quand il le faut, le « remettre à sa place » (d'enfant).

De quoi donc peut-on, de quoi doit-on parler aux enfants ? Encore une fois, il ne s'agit pas de leur parler de tout. Les adultes n'ont pas à tout dire aux enfants. Ils ont à leur dire seulement ce qui les concerne directement.

Quelles sont, dans la vie d'un enfant, les choses dont on peut affirmer qu'elles le concernent directement ?

L'enfant a besoin d'être informé de ce qui concerne sa personne : sa conception, sa naissance, son histoire depuis qu'il est né

Un enfant a besoin de savoir comment il est arrivé sur terre. Si les parents qui l'élèvent sont ceux qui l'ont conçu. Ou si ceux-ci, s'étant trouvés dans l'impossibilité de le garder, l'ont « abandonné », c'est-à-dire « donné à l'adoption[1] ». Pour que des parents qui voulaient de tout leur cœur un enfant, mais qui, leurs corps ne fonctionnant pas comme il

1. Dans le mot « abandon » – Françoise Dolto ne manquait jamais de le faire remarquer –, il y a « don ». Un enfant adopté est un enfant qui a suffisamment compté pour ses géniteurs (ses « parents de naissance ») pour qu'ils se préoccupent de lui donner un avenir en le donnant à l'adoption.

aurait fallu, ne parvenaient pas à le concevoir – puissent l'adopter, l'éduquer, l'accompagner jusqu'à l'âge adulte.

Si, comme la science le permet aujourd'hui, l'enfant a été conçu grâce à une FIV, un don d'ovocytes ou une adoption d'embryon, il doit en être informé. Parce que sa conception fait partie de son histoire et que son histoire lui appartient.

Et parce que de toute façon – l'expérience le prouve – il connaît toujours (du fait d'une communication entre son inconscient et celui de ses parents) inconsciemment son histoire. Il risque donc, si on l'empêche de la connaître consciemment, d'une part d'exprimer par des symptômes la souffrance générée en lui par cette interdiction et, d'autre part, d'imaginer que c'est parce qu'elle est monstrueuse qu'on lui cache la réalité. Parler à leur enfant du recours à la médecine qui lui a permis de naître est souvent, on le sait, difficile pour les parents. Parce que, consciemment et/ou inconsciemment, ils s'en sentent dévalorisés. Ils ont tort.

Dire à un enfant que l'on s'est soumis, pour l'avoir, à ce véritable parcours du combattant qu'implique la « procréation médicalement assistée », ce n'est pas lui avouer une maladie honteuse. C'est lui dire à quel point, et quel qu'ait été le prix à payer, on l'a, de toutes ses forces, désiré. Et lui donner ainsi un point d'appui essentiel à la construction d'une image valorisée de lui-même.

Par ailleurs, l'enfant a besoin que ses parents lui parlent de la grossesse, de ces mois pendant lesquels ils l'ont attendu, de sa naissance, de ses premiers mois et années. L'enfant garde en lui la mémoire de tout ce que, depuis sa conception, il a vécu. Mais cette mémoire est particulière, car elle est une mémoire d'avant les mots, le plus souvent sans images, inscrite dans son corps et ses émotions. En lui parlant des souvenirs qu'ils gardent, eux, de cette période, de ce qu'ils ont vécu, de ce qu'ils l'ont vu vivre, les parents permettent à leur enfant de relier cette mémoire corporelle, émotionnelle, à l'univers des mots, de la parole, au langage. Et de tisser ainsi un fil qui, le reliant à lui-même et donnant consistance au « je » qu'il énonce, sera pour lui, sa vie durant, une véritable colonne vertébrale psychique.

L'enfant a besoin de connaître son identité, sa filiation, l'histoire des deux lignées dont il est issu

Cela aussi lui appartient. À ce titre, refuser à un enfant le droit de savoir qui est son géniteur ou sa génitrice, lui refuser leur identité, est un vol[1]. Un vol qu'une société civilisée ne devrait jamais permettre. Parce qu'il conditionne toujours la vie de l'enfant qui en est victime. Sa vie, c'est-à-dire son enfance, sa vie d'adulte, mais aussi celle des enfants qu'il aura et celle de leur descendance. Condamnés, par un abus

1. Et que dire des enfants « nés sous X » que la société prive en toute légalité et en toute impunité de l'identité de leurs ascendants ?

de pouvoir arbitraire et injuste, à se heurter indéfiniment à un trou meurtrier dans leurs origines.

De la même façon, un enfant doit pouvoir connaître ce qui s'est passé aux différentes générations des deux lignées dont il est issu (les événements importants qui sont intervenus). Il doit être en mesure de dessiner, s'il le souhaite, son arbre généalogique. Et il ne doit rien ignorer de sa fratrie. Si, par exemple, un enfant est mort avant lui, il doit le savoir. Car l'enfant mort n'appartient pas seulement au chagrin de ses parents. Il appartient aussi aux frères et aux sœurs qui naîtront après lui, même si les circonstances font qu'ils ne le connaîtront jamais.

Là encore, rappelons-le, l'enfant inconsciemment sait. Et se trouve, si on ne lui dit pas la vérité, chargé d'un silence qui lui est toujours trop lourd à porter.

L'enfant doit être informé de ce qui arrive à ses proches

Des événements heureux, bien sûr, mais aussi de ceux qui ne le sont pas. Il doit être informé :

De leurs maladies quand elles sont graves

L'enfant ressent toujours l'angoisse qui étreint une personne gravement malade. Il ressent également celle de son entourage. Et il en est toujours inquiet. D'autant plus inquiet que, privé d'explications, il peut tout imaginer. Y compris qu'il est la cause de cette angoisse, que c'est « sa faute ».

Chez l'enfant, de telles interprétations ne sont pas rares. Car l'enfant petit ne connaît pas ses limites et il est habité par la « pensée magique » : il croit qu'il lui suffit de penser une chose pour qu'elle arrive. Il se croit donc volontiers le centre de tout et, en premier lieu, des événements qui surviennent autour de lui.

De leur mort

L'enfant doit être informé de la mort des membres et des proches de sa famille, et il doit l'être dès qu'elle survient. Car, nous l'avons déjà expliqué, il sent et sait tout ce qui arrive. Les parents ne cessent dans les consultations d'en témoigner, rapportant par exemple comment, alors qu'ils hésitaient à annoncer à leur fils ou à leur fille la mort de leur grand-mère, ceux-ci sont rentrés de l'école en demandant (alors qu'ils ne le faisaient jamais) de ses nouvelles…

Une fois encore, rappelons-le, ne pas dire la vérité à un enfant qui, de toute façon, la sait, c'est le mettre en porte-à-faux avec lui-même et créer ainsi, chez lui, de l'angoisse.

Et c'est, là aussi, commettre un vol. En n'informant pas l'enfant et en niant, de fait, le lien qui l'attachait à la personne décédée, on lui vole, en même temps que la mort[1] de cette personne, ce lien. Des

1. La mort d'une personne que l'on aimait est, avant le temps qui sera celui de son absence, le dernier moment de la relation avec elle. Penser à elle que l'on ne verra plus et pouvoir la pleu-

adultes à qui l'on a menti quand ils étaient enfants à propos de la disparition d'un être cher racontent ainsi souvent, des dizaines d'années plus tard, sur le divan d'un psychanalyste, comment ils se sont sentis dépossédés par les adultes. Dépossession d'autant plus difficile à vivre qu'ils l'ont en général vécue, à juste titre, comme une trahison. Et qu'elle leur a ôté la confiance qu'ils avaient jusque-là dans le monde des grands, une confiance qui les rassurait. La tromperie met toujours à mal le sentiment de sécurité d'un enfant. Elle change pour très longtemps, et parfois pour toujours, sa vision du monde.

À l'inverse, l'enfant à qui l'on accepte d'annoncer la nouvelle se trouve, par cette annonce, doté du droit d'avoir du chagrin, d'en parler et de le partager avec les autres. Il se sent reconnu, crédité d'une légitimité et pourvu d'une place à part entière dans sa famille. Il sait qu'il compte et qu'il compte « pour de vrai ».

Être traité comme une personne respectable quand on est un enfant, ce n'est pas seulement avoir le droit de partager les bonheurs des grands. C'est aussi avoir le droit de partager, à part entière, leurs douleurs (quand on est concerné par elles). De plus, contrairement à ce que craignent les adultes, un enfant, s'il peut être « traumatisé » par le mensonge et le non-dit, ne l'est jamais par une mauvaise nouvelle.

Il peut en être, comme tout un chacun, surpris et

---

rer fait partie intégrante de cette relation. C'est, que l'on soit adulte ou enfant, un moment dont on a besoin et auquel on a droit.

même choqué (si elle est particulièrement inattendue), et il en est toujours malheureux. Mais, s'il est accompagné et aidé par la tendresse et les paroles de ses parents, il en sort toujours enrichi, grandi et nanti de forces nouvelles. Car l'événement lui a permis de faire l'expérience de la traversée humanisée d'une épreuve humaine.

DE LA PERTE *IN UTERO* OU À LA NAISSANCE D'UN FRÈRE OU D'UNE SŒUR

L'enfant doit être informé de la perte (avortement, fausse couche, mort *in utero* ou à la naissance…) d'un enfant qui aurait pu être son frère ou sa sœur (et qui l'a été s'il a vécu, même quelques heures).

L'enfant, comme toujours, sent la souffrance de ses parents et en connaît inconsciemment la cause. Là encore, des mères en témoignent, racontant comment, à la suite d'une fausse couche, elles ont vu, stupéfaites et bouleversées, leur fils ou leur fille aînés – qui n'en étaient pas informés – faire jouer par des poupées ou des peluches une scène qui ressemblait à s'y méprendre à un accouchement…

De plus, privé d'informations, l'enfant peut, comme dans d'autres cas déjà évoqués, tout imaginer. Et il le peut d'autant plus qu'en général il a senti très précocement la grossesse de sa mère[1]. Il a pu s'en

1. Là encore, des mères racontent comment, alors qu'elles venaient d'avoir le résultat de leur test de grossesse et n'avaient bien sûr pas encore parlé à leur enfant, celui-ci est venu toucher leur ventre (geste pour lui inhabituel) en disant par exemple : « Bébé ! »

inquiéter et même, craignant de ne plus être le seul objet d'amour de ses parents, en prendre ombrage. Dès lors, habité par la « pensée magique » (« je pense une chose, elle arrive ! »), il peut, ayant inconsciemment souhaité que cet enfant ne naisse pas, s'imaginer responsable de sa disparition. Lui parler est donc indispensable pour le ramener à la réalité et le rassurer.

L'enfant doit être informé des changements qui vont modifier sa vie

Un déménagement

Si la famille envisage de déménager, l'enfant doit en être prévenu et il doit être accompagné, car l'événement est toujours pour lui difficile à vivre. Il a besoin qu'on lui explique ce qu'il va quitter (sa maison, son quartier, son école, ses copains…) mais aussi ce qu'il va trouver et les liens nouveaux qu'il va tisser. L'enfant est toujours inquiet à l'idée d'abandonner son univers familier. Il a besoin qu'on lui rappelle que les liens qui l'unissent à cet univers sont des liens qu'il a su construire. Et qu'il saura donc, de la même façon, en tisser de nouveaux là où il va : « Tu te souviens ? Tes copains Pierre et Paul, quand on est arrivés, tu pensais qu'ils ne voudraient jamais jouer avec toi. Et depuis, ils ne te quittent plus. Ce sera pareil, là-bas… »

Et puis l'enfant doit savoir que « loin des yeux » ne veut pas forcément dire « loin du cœur ». Qu'on pourra l'aider à écrire à ses anciens amis, à leur téléphoner, à leur envoyer des photos (et à en recevoir d'eux), à trouver même peut-être des occasions de se revoir.

« Partir, c'est mourir un peu », dit la sagesse populaire. Un peu, mais un peu seulement, car partir peut être aussi un moyen de renaître ailleurs. L'enfant ne le sait pas. Il faut le lui apprendre.

L'ARRIVÉE D'UN NOUVEL ENFANT

L'enfant, nous l'avons dit, perçoit très tôt que sa mère est enceinte ; ses parents, dès qu'ils se sentent prêts à parler de cette grossesse[1], doivent donc la lui annoncer et le rassurer.

D'abord en lui donnant (ou en lui redonnant) des explications sur la sexualité qui lui permettent de comprendre comment cet enfant est arrivé là. Ce n'est pas le Père Noël qui apporte les enfants ni le grand méchant loup, et ils ne naissent ni dans les roses ni dans les choux. Connaître la vérité est rassurant et structurant pour l'enfant. La connaissant, il peut comprendre que le monde n'est pas un univers mystérieux et magique dans lequel tout – le meilleur comme le pire – pourrait à tout moment arriver. Son

1. Une grossesse fait partie du plus intime de la vie d'un couple et les futurs parents sont seuls aptes à décider du moment où ils l'annonceront à d'autres. L'enfant (frère ou sœur du futur bébé) doit donc être informé rapidement, mais pas forcément immédiatement. Là encore, il doit comprendre qu'il existe une « vie privée » du couple de ses parents à laquelle il n'a pas accès.

fonctionnement répond à une logique qui n'a rien de surnaturel et que l'on peut expliquer.

En outre, l'enfant a besoin de savoir que le bébé à venir ne prendra pas sa place dans le cœur de ses parents, ce qu'il redoute. Et qu'il ne lui prendra pas non plus sa place d'aîné – ce que, pour étonnant que cela puisse paraître, il ignore. Car il imagine souvent que le frère ou la sœur à venir va non seulement lui voler l'affection de ses proches, mais le rattraper et même le dépasser.

Savoir que le puîné sera encore à la petite école alors qu'il sera, lui, déjà à la grande, qu'il saura faire du vélo le premier, etc., lui donne, dans le moment de désarroi qu'il traverse, un nécessaire et bienvenu sentiment de supériorité.

Enfin, il a besoin d'apprendre que, s'il lui sera toujours interdit de faire du mal au bébé (ce qui, en l'assurant qu'il ne sera pas livré sans limites à ses pulsions, le rassure), il ne sera en aucun cas obligé de l'aimer. Et pourra même le détester s'il le trouve parfois trop « embêtant[1] ». Les pensées, même les plus agressives, n'ont pas le pouvoir de tuer, ni même celui de blesser. On n'a donc pas à craindre ce que l'on éprouve et encore moins à s'en sentir coupable.

Le divorce

Dès que ses parents ont décidé de divorcer, l'enfant doit en être informé : cet événement le

1. Ce qui n'a rien d'extraordinaire : avoir un bébé dans la maison n'est pas drôle tous les jours pour ses frères et sœurs.

concerne au plus haut point puisqu'il va modifier profondément sa vie. Mais il ne doit pas en être informé de n'importe quelle façon. Car le divorce est l'exemple même du sujet qui suppose, si l'on veut l'aborder avec l'enfant d'une façon qui l'aide, qu'on ait présente à l'esprit la question de sa place.

L'enfant en effet – il est essentiel de le rappeler – ne doit pas tout savoir du divorce de ses parents.

Il doit savoir que son père et sa mère se séparent non pas en tant que parents (ils resteront pour toujours ses parents et continueront, même séparés, à s'occuper ensemble de son éducation), mais en tant que mari et femme. Occasion de lui rappeler que, avant d'être des parents, son père et sa mère (qui ne l'étaient pas encore) ont été un couple, des « amoureux ». Que ces « amoureux » se sont aimés et qu'il est né de cet amour (information qui ne lui est compréhensible que si on l'a préalablement informé sur la sexualité).

Pourquoi divorcent-ils ?

Parce qu'ils ne s'aiment plus assez, en tant que couple, pour vivre ensemble. L'amour qu'un homme ou une femme éprouve pour ses enfants est en effet – l'enfant doit le savoir – un amour pour la vie : on ne cesse jamais d'aimer ses enfants. Mais l'amour entre « amoureux », comme l'amitié que l'on a pour ses amis (l'enfant lui-même en a sans doute déjà fait l'expérience), peut ne pas durer toujours.

Dès lors, lorsque des amoureux ne s'aiment plus assez, ils se séparent. Et ils referont peut-être un jour leur vie, chacun de leur côté, avec de nouveaux amoureux. Car les adultes – l'enfant doit l'apprendre – ne peuvent pas être heureux en vivant seulement avec leurs enfants. Ils ont besoin de partager leur vie avec d'autres adultes, amis ou amoureux. La nouvelle compagne, le nouveau compagnon de son père ou de sa mère ne sera pas pour l'enfant sa nouvelle maman, son nouveau papa, car on n'a, pour sa vie entière, qu'une seule mère et un seul père. Mais ils pourront vivre à la maison en rendant leur conjoint heureux et en aimant ses enfants. Et peut-être même auront-ils eux-mêmes des enfants…

Néanmoins, si ses parents restent – pour un temps ou pour longtemps – seuls et sans nouveaux conjoints, l'enfant ne sera pas autorisé pour autant à les remplacer. Un petit garçon, une petite fille ne peuvent pas être les fiancés de leurs géniteurs : on n'épouse pas ses parents. Et l'on n'a pas non plus, quand on est un enfant, à se donner la lourde tâche de les consoler. Les parents sont là pour aider leurs enfants à guérir de leurs chagrins. Mais il n'y a, en la matière, aucune réciprocité possible : si les parents sont trop malheureux, ils trouveront pour les secourir des adultes amis ou des adultes dont c'est le métier d'aider les gens qui souffrent.

L'enfant doit apprendre également qu'un divorce n'est pas une guerre dans laquelle, chacun de ses parents pouvant se battre pour obtenir sa garde, il serait remis au plus fort des deux. Il doit savoir que c'est une troisième personne, un juge, qui en décidera. Cette présence d'un tiers, investi par la société d'un pouvoir, est pour lui rassurante car elle l'assure que le monde est régi par des lois (auxquelles chacun, ses parents compris, est soumis) qui le protègent.

Enfin, l'enfant a besoin que ses parents lui parlent de sa vie future, de ce qu'elle sera après le divorce, car il est bon qu'il commence à l'imaginer, à se la représenter pour l'apprivoiser. Il aura, par exemple, deux maisons, deux chambres. Cela lui semblera peut-être, au début, difficile et même triste, car envisager de changer de vie est toujours compliqué. Mais peu à peu il s'habituera à cette nouvelle vie et y découvrira même des avantages auxquels il ne s'attendait pas. Celui notamment de ne plus vivre avec des parents qui, parce qu'ils ne sont plus heureux ensemble, se disputent (trop) souvent. L'enfant a sans doute d'ailleurs autour de lui, notamment à l'école, des amis dont les parents sont divorcés et avec lesquels il peut parler. C'est important car ils étaient sans doute, avant le divorce, aussi inquiets que lui. Et vont aujourd'hui très bien et peuvent en témoigner.

Une fois ces informations données, les parents n'ont plus rien à expliquer car ce que l'enfant doit savoir du divorce s'arrête là.

En effet, il n'a pas à être informé dans le détail des dissensions du couple. Et il n'a pas à recevoir de confidences (« Je ne désire plus ton père », « Ta mère m'a trompé », etc.). Car celles-ci concernent non pas la vie de ses parents, mais celle du couple qu'ils formaient par ailleurs. Elles renvoient à ce qui se passe (ou devrait se passer) derrière la porte fermée de la chambre conjugale. L'enfant n'a rien à en savoir.

Et il est important, s'il continue à questionner et insiste, de lui rappeler sa place en lui signifiant clairement que, ses questions portant sur des choses qui ne le regardent pas, on n'y répondra pas. Une telle limite est essentielle car l'expérience prouve que c'est toujours parce qu'on leur permet de sortir de leur place (en leur parlant de ce qui ne les concerne pas, en leur laissant prendre une place qui n'est pas la leur, etc.) que les divorces se passent mal pour les enfants. C'est cette sortie permise de leur place, et non le divorce en tant que tel, qui, en les privant brutalement de tous leurs repères, les fait déraper.

L'enfant doit être informé du fonctionnement du monde

L'enfant a besoin qu'on lui explique, outre sa personne et sa famille, le monde et la vie.

Il lui est nécessaire, nous l'avons dit, d'avoir très tôt des informations sur la sexualité (la différence des sexes, la conception des enfants, le rôle du père, la grossesse, l'accouchement, etc.). Ces explications lui permettent de savoir d'où il vient et où il va. Et lui rendent compréhensibles – nous l'avons souligné – les événements qui surviennent dans sa vie (nouvel enfant, divorce, etc.).

Mais il est important aussi qu'on lui permette de comprendre ce qui l'entoure. Les saisons, la nature, les phénomènes climatiques sont pour l'enfant des mystères. À propos de tout ce qu'il voit et entend, il se pose des questions, cherche des réponses, imagine. Il voit par exemple la nuit succéder chaque soir au jour et lui laisser à nouveau, au matin, la place. Comment peut-il savoir, si on ne le lui dit pas, pourquoi il en est ainsi ? Et il en va de même de tous les phénomènes proches ou lointains[1].

Il faut que l'adulte lui en explique les causes ou l'aide, s'il ne les connaît pas, à les chercher (dans des livres, sur Internet, etc.). Ce faisant, l'adulte lui évite de se lancer dans des constructions imaginaires dont les enfants ont le secret et qui peuvent être très angoissantes, et il contribue à éveiller son intelligence. Car cette offre d'un savoir qui n'est pas, comme celui de l'école, un savoir imposé mais un savoir acquis, pour le plaisir, en compagnie d'un adulte aimé, développe la curiosité de l'enfant et l'ouvre à la connaissance.

À l'inverse, s'il sent que ses questions indiffèrent l'adulte, l'indisposent, le dérangent, il renonce à les poser. Et, pour ne plus souffrir, il bloque souvent son intelligence. On rencontre ainsi des élèves en échec scolaire qui sont en fait d'anciens enfants curieux de tout dont les adultes ont, par leur silence, tué la curiosité et la créativité.

L'enfant a besoin d'être informé des lois du monde

Enfin, l'enfant a besoin de connaître les lois du monde, les interdits (qu'il ne peut connaître que si on les lui apprend), leur sens, la nécessité de les respecter, ce qu'il risque s'il les transgresse. Cet apport

1. Qu'il apprend par la télévision ou, dans la cour de l'école, par les enfants qui ont regardé la télévision et en parlent.

parental est indispensable pour qu'il devienne un être civilisé, capable de vivre au milieu des autres, et, par là même, un adulte heureux.

Lorsque des faits particulièrement marquants (crimes, agressions sexuelles visant des adultes ou des enfants...) surviennent et mobilisent les médias, il est important d'en parler avec l'enfant. De s'informer de ce qu'il sait, de ce qu'il pense, des questions qu'il se pose. De lui donner des informations nécessaires à sa compréhension. En lui expliquant, par exemple, ce qu'est un viol : un acte sexuel que l'on impose à un(e) partenaire sans tenir compte de son désir. Ce qu'est la pédophilie : le fait d'hommes ou de femmes qui transgressent l'interdit de la sexualité entre adultes et enfants. Ce qu'est l'inceste : la transgression de l'interdit de la sexualité entre membres d'une même famille. Et il est important de lui rappeler (pour qu'il n'ait pas l'impression de vivre dans une jungle) que, si de telles transgressions existent – parce que les adultes qui les commettent n'ont pas été, enfants, éduqués –, elles sont rares et sévèrement punies par la loi. Et que tout enfant, s'il est convenablement informé et prudent, peut les éviter.

Comment parler ?

Lorsqu'ils souhaitent parler à leur enfant, les parents s'interrogent souvent : comment parler ?

N'en déplaise aux « spécialistes » (ou supposés tels) qui font profession d'enseigner ce qu'il faudrait dire, et surtout comment il faudrait le dire, il n'existe pas de « mode d'emploi de la parole », de « bonne façon » de dire. Chacun parle comme il le peut. Chaque parent doit parler à son enfant comme il le peut. Avec les mots qui lui viennent. Même si ces mots ne lui semblent pas être à la hauteur de ce qu'il aurait souhaité. Même s'ils lui semblent inadaptés ou maladroits. Peu importe. Car l'enfant n'a que faire du « bien parler ». La seule chose qui compte pour lui, c'est que ses parents lui parlent, qu'ils prennent la peine de lui parler. Parce que, ce faisant, ils lui signifient – cadeau inestimable – qu'il est à leurs yeux un interlocuteur valable, que, pour eux, il compte.

L'enfant à qui ses parents parlent les entend en effet toujours au-delà des mots qu'ils énoncent et de la signification de ces mots. À travers leurs paroles, il entend leur amour et le souci qu'ils ont de lui. Appuyé sur leurs paroles, il se sent reconnu, épaulé, soutenu.

Et le « bien parler » compte pour lui d'autant moins que l'enfant n'entend jamais vraiment ce qu'on croit lui avoir dit. Il le traduit dans sa langue, sa sensibilité, son vécu d'enfant. Dès lors, au lieu de se focaliser sur « l'ai-je bien dit ? », mieux vaut chercher à repérer ce qu'il a compris. En poursuivant le dialogue, sur le moment ou plus tard.

Les parents craignent aussi, lorsqu'ils parlent à leur enfant, de lui montrer leur émotion. Ils ont tort. D'abord parce qu'il leur est impossible de ne pas la montrer (comment pourraient-ils, lorsqu'ils sont submergés par la peur, la colère ou le chagrin, les effacer d'un seul coup pour parler calmement ?). Et surtout parce que la cacher n'aurait pour l'enfant aucun sens. Que penserait-il en effet s'il voyait ses parents lui annoncer la mort de sa grand-mère d'un ton guilleret sous prétexte de ne pas l'inquiéter ? Dans quel univers absurde se trouverait-il brutalement plongé ? Que pourrait-il comprendre ? Pleurer en annonçant une nouvelle douloureuse à son enfant n'est donc pas grave. Et c'est même important. Cela lui permet de comprendre qu'il est normal d'éprouver des émotions, que les émotions sont normales, que la tristesse est normale. Et que même les grandes personnes, ces grandes personnes qui lui semblent tellement puissantes, peuvent être tristes et pleurer. Voir ses parents émus et même bouleversés lui montre qu'il n'a pas, lui, à avoir honte de ses difficultés et de ses chagrins ni à les cacher ; qu'il peut au contraire, sans crainte, en parler.

Les parents s'inquiètent aussi souvent de voir leur enfant, quand ils veulent lui parler d'un problème important, se conduire comme si ce qu'ils ont à lui dire ne l'intéressait pas – de le voir vaquer, comme si de rien n'était, à ses occupations, chantonner, faire du bruit avec ses jouets, etc. Ils pensent alors souvent qu'ils se sont trompés. Que leur enfant ne se sent pas concerné par leurs propos, qu'il ne les écoute pas. Ils se trompent. C'est en général quand un enfant semble le plus inattentif qu'il écoute avec le plus d'attention. Son agitation n'est pas l'expression d'un quelconque désintérêt. Elle est au contraire le signe qu'il a parfaitement compris l'importance du sujet abordé. Et qu'il se protège, en restant actif, d'une angoisse dont il sent qu'elle pourrait l'envahir (mais qu'il va au cours de la discussion progressivement dépasser).

Enfin, dernière question des parents, ils se demandent souvent à partir de quel âge ils peuvent parler à leur enfant. La réponse est simple : à partir de la première seconde de sa vie. Car, même si nous ne savons pas par quelles voies mystérieuses ils le comprennent, l'expérience prouve que les bébés comprennent ce qu'on leur dit. Quand un nourrisson angoissé ne dort pas et que, parce qu'on a découvert, en travaillant avec ses parents, les raisons de son angoisse et qu'on les lui a dites, il retrouve le sommeil, c'est qu'il a compris ce qu'on lui a dit. Le travail de la psychanalyse avec les bébés en apporte chaque jour la preuve. Et, là encore, contrairement à ce qui se raconte ici ou là, il n'y a pas de façon particulière de parler aux bébés. Il n'y a pas de « langue bébé » que les « psys » pourraient enseigner. Un bébé a besoin qu'on lui parle, qu'on lui parle comme on le sent, comme on le peut, avec les mots qui viennent. Et, parce que ses parents se seront ainsi risqués à la parole, il pourra lui aussi, un jour, trouver à son tour les mots pour dire.

Parler comme on le peut signifie-t-il parler n'importe comment ?

Non, bien sûr. Car les parents, nous l'avons dit, n'ont pas à parler à leur enfant à tort et à travers, de tout et de n'importe quoi. Ils n'ont pas à faire de lui (comme on le voit parfois) le récipiendaire de soliloques dont il ne peut rien faire et qui le nient dans son être : « Comme il n'y avait que moi dans la maison, c'est à moi que ma mère racontait ce qu'elle avait à raconter… »

Un enfant n'a pas à être pour ses parents, même s'ils sont écrasés par la solitude, un déversoir pour leurs paroles en souffrance.

Et il faut surtout, avant de lui parler, l'écouter. Quand un enfant pose une question importante (par exemple « mon copain a telle maladie, est-ce qu'il peut en mourir ? »), il est important, avant de lui répondre, de l'interroger sur ce qu'il croit être, lui, la bonne réponse. Qu'en pense-t-il ? Pourquoi ? Qui lui a parlé ? Qu'a-t-il entendu ? Cerner ce que l'enfant sait, ce qu'il a appris ou imaginé permet à l'adulte de ne pas plaquer sur lui un savoir général mais, au contraire, de partir de ce qui déjà l'habite pour le faire avancer dans sa compréhension ou, si c'est nécessaire, le détromper. Un véritable dialogue peut ainsi s'instaurer et, l'enfant se sentant compris, ce dialogue pourra se poursuivre.

Parler à un enfant suppose aussi de tenir compte de son âge. On ne peut pas s'adresser à un adolescent de 15 ans comme à un enfant de 3 ans. Il n'est plus un « bébé » (et sait, à l'occasion, le faire entendre !). Mais on ne peut pas non plus parler à un enfant de 3 ans comme s'il était beaucoup plus âgé. Il faut respecter sa sensibilité, sa fragilité : les choses qui nous sont pénibles à nous, adultes, le sont plus encore pour lui car il les découvre. Il faut donc lui dire la vérité qu'on a à lui dire sans la travestir mais en le ménageant[1]. Et la dire sans prêter à la création d'images par trop violentes et effrayantes (on peut expliquer un tsunami sans décrire avec complaisance les monceaux de cadavres charriés par la mer…). Mais sans prêter non plus à la création d'images trop facilement érotisables par l'enfant. Lui expliquer la sexualité, par exemple, doit être fait avec pudeur. L'information sexuelle n'a rien à voir avec un film à caractère pornographique.

1. Des adultes en analyse racontent ainsi la brutalité de certaines annonces : « Bon ! Il faut que tu le saches, ton frère a eu un accident très grave. On ne sait pas s'il va s'en sortir. »

Et il convient surtout de ne pas oublier que, s'il existe une violence des coups, il existe aussi une violence des mots. Si certains peuvent frapper – positivement – parce qu'ils redonnent confiance ou viennent tout à coup nommer ce que l'on ne parvenait pas à nommer, il en est aussi qui peuvent abattre, et souvent définitivement. Les mots ont d'infinis pouvoirs. Ils peuvent guérir mais aussi blesser. Ils peuvent donner la vie ou tuer. Tuer l'envie, le désir, l'image de soi, la volonté de vivre. Ce pouvoir de la parole, avéré pour l'adulte, l'est plus encore pour l'enfant. Car, créditant les grandes personnes d'un pouvoir et d'un savoir absolus, il reçoit toujours leur parole comme « parole d'évangile ». Et ne peut donc en aucun cas s'en défendre.

Enfin, rappelons-le, parler n'est pas de la « parlotte ». C'est-à-dire des mots que les parents pourraient dire et redire alors même qu'ils devraient agir : on ne dit pas à la place de faire. Si l'on dit à un enfant « si tu recommences, tu seras puni », on n'a pas à l'énoncer dix fois. On le dit une fois, éventuellement deux, mais le temps de la parole s'arrête là : si l'enfant recommence, on le punit. Ou, pour le dire autrement, on tient parole. On tient sa parole. On respecte la parole dite, la parole donnée. On prouve ainsi à l'enfant que les mots ont un sens.

À l'inverse, si, alors qu'on a dit qu'on agirait, on continue à dire et à redire, jusqu'à ainsi se dédire, on signifie à l'enfant que les mots n'ont pas vraiment de sens puisqu'on peut, sans problème, dire une chose et faire son contraire. Dès lors, l'enfant est perdu. Prisonnier d'un monde où les mots ne correspondent à rien, ne renvoient à aucune réalité, il flotte, sans boussole ni repères.

Il ne faut pas l'oublier : un monde dans lequel il ne peut pas compter sur les mots est pour l'enfant un monde vide de sens et, à ce titre, angoissant. Ne pouvant plus se fier aux mots, il ne peut pas non plus se fier aux adultes qui les énoncent. Il se retrouve donc solitaire et sans appui, hanté par la rumeur d'une parole dont les lois lui échappent.

Une parole à hauteur d'enfant ?

Il a longtemps existé des versions « pour enfants » de la littérature adulte. Versions expurgées, aseptisées, que l'on pensait à leur portée.

Il existe aujourd'hui pour les enfants – et c'est un formidable progrès – une véritable littérature. Mais il n'existe pas encore vraiment (ou du moins pas encore assez souvent) une parole à part entière qui leur soit destinée.

On leur parle tantôt en les mettant sur un piédestal et en leur permettant de se mêler de tout, leur donnant ainsi l'illusion (aussi jouissive que destructrice pour eux) de dominer de toute leur hauteur le monde… Tantôt d'une façon que l'on croit adaptée à leur âge mais qui n'est en fait que mièvre et condescendante. Condescendante parce que l'adulte, que sa taille oblige à se baisser pour mettre son corps à la hauteur de celui de l'enfant, semble (sans forcément le savoir) en profiter pour abaisser du même coup le niveau de son propos.

Abaissant son discours à ce qu'il croit être le niveau de l'enfant (un niveau conçu, cela va sans dire, comme bien inférieur au sien…), l'adulte rabaisse cet enfant et (même s'il ne le veut pas et ne s'en rend pas compte) l'humilie, lui fait perdre la confiance qu'il avait en lui. En rendant ainsi tout dialogue impossible, il le condamne au silence et à la solitude.

De cette façon de concevoir et de traiter l'enfant (qui s'apparente, quoi que l'on en veuille, à une forme de mépris qui s'ignore), les adultes sont en général à mille lieues d'imaginer la violence. Répétant sans le savoir ce qu'ils ont eux-mêmes subi dans leur propre enfance, ils s'imaginent en toute bonne foi faire preuve, en agissant de la sorte, de sollicitude ou, tout au plus, d'apitoiement.

Les enfants, cependant, ne s'y trompent jamais. Nombre d'entre eux (comme d'ailleurs nombre d'adultes) témoignent chaque jour, dans le cabinet des psychanalystes, des souffrances que ce type de rapports peut engendrer.

Et chacun d'entre nous, s'il accepte (même sans analyse) de se pencher un instant sur son enfance, sait qu'il a eu maintes fois l'occasion de les éprouver.

Le « Courrier des enfants » que j'ai créé en 2006 dans le magazine *Psychologies* (dans lequel je répondais déjà, depuis de longues années, à un courrier d'adultes) est né d'une volonté de sortir de cette double impasse – trop bas/trop haut –, de ce double piège. Et de parler, ou du moins d'essayer de parler, à « hauteur d'enfant ».

C'est-à-dire de ne m'adresser à eux ni comme à des mini-adultes ni comme à des sous-adultes. Mais, tout en les situant clairement à leur place d'enfants, de leur parler à la hauteur de leur compréhension, qui est toujours beaucoup plus élevée que ne le croient leurs aînés

En mettant en place ce courrier, mon désir était aussi de faire entendre aux adultes la complexité du questionnement des enfants, sa richesse, sa singularité, son originalité, le rapport qu'ils ont aux ambiguïtés de la langue (« Pourquoi mon grand frère il est plus petit que moi ? » m'interroge un jeune garçon...). Mais mon désir était aussi de montrer à ces adultes la possibilité, la capacité qu'ils ont d'écouter les enfants et de leur répondre.

Sans études ni savoir particulier, et sans avoir fait pour cela dix ans de psychanalyse. Simplement en acceptant de prendre leurs questions au sérieux et de se laisser toucher par elles. C'est-à-dire en permettant à ces questions d'atteindre en eux l'enfant qu'ils furent et le besoin éperdu que cet enfant avait, comme tous les autres, des mots des grands. Travail de mémoire s'il en fut...

L'aventure de ce Courrier – pourquoi le cacherais-je ? – ne procédait pas seulement pour moi d'une démarche intellectuelle. Elle me tenait – et elle me tient toujours – particulièrement à cœur.

Faire entendre les enfants, faire entendre l'enfance est toujours, pour un adulte (et plus encore si son histoire l'a conduit, comme c'est le cas pour tous les psychanalystes, à devoir en passer par la cure analytique), une façon de faire entendre sa propre enfance, de rendre justice à l'enfant qu'il fut. Je l'ai déjà évoqué à propos de Françoise Dolto.

J'appartiens à la génération qui fut la jeunesse de Mai 68. Cette période, aujourd'hui si décriée, qui vit l'irruption, l'explosion dans la société d'un formidable et salutaire désir de liberté. Un désir qui, pour nombre des jeunes que nous étions, plongeait ses racines dans une révolte légitime contre l'éducation que nous avions reçue ; la violence d'interdits parentaux aussi arbitraires que dépourvus de sens, la violence du refus de l'écoute et de la parole. Adolescente, je m'étais promis comme bien d'autres de ne jamais oublier. Je n'ai pas oublié. Cette mémoire, à l'œuvre depuis toujours dans ma pratique de psychanalyste, l'est aussi dans ce Courrier. Et l'expérience de cet échange avec les enfants a été riche et instructive. Elle ne cesse en effet de montrer, mois après mois, l'exceptionnelle qualité de leurs questions. En même temps qu'elle démontre les difficultés qu'éprouvent, face à elles, les adultes.

Difficultés à parler. Dans les familles, mais aussi au-delà. Car, dans un monde comme celui des médias où une chose, dès qu'elle « marche », est immédiatement copiée, le Courrier des enfants ne l'a jamais été. Preuve, s'il en fallait une, que l'imitation n'en était sans doute pas aisée…

Mais aussi difficultés à écouter. La page « Enfants » de ce Courrier est en effet particulière car elle suppose que les parents écoutent les questions de leurs enfants, entendent leur importance, aient envie d'y répondre et, s'ils n'y parviennent pas (ou désirent un autre avis), leur conseillent de me les envoyer (ou le fassent pour eux s'ils sont trop jeunes pour le faire).

Or, alors que les questions d'adultes sur des problèmes d'adultes ne cessent d'affluer, les questions d'enfants sont (presque) rares. Sans qu'il s'agisse pour autant d'un désintérêt : les lecteurs du magazine *Psychologies* apprécient le Courrier, et particulièrement sa page « Enfants » ; ils ne cessent d'en témoigner.

Que faut-il donc en conclure ? Que seuls quelques rares enfants, particulièrement éveillés et doués, seraient à même de poser à leurs parents des questions susceptibles d'être publiées dans un magazine ? Bien sûr que non. Tous les enfants posent des questions, tout le temps, et toutes sont importantes. Mais elles ne peuvent être reconnues comme telles par les adultes que si – refusant l'idée selon laquelle, émises dans une langue qui n'est pas forcément la leur et proportionnelles à la petite taille des enfants, elles seraient de petite importance – ceux-ci acceptent de les prendre en compte.

Le « Courrier des enfants » le démontre : cette prise en compte de la personne de l'enfant, sa prise en compte comme être à part entière, est encore très difficile. L'idée d'écouter les enfants et de leur répondre peut intéresser et même séduire. Mais cet intérêt ne conduit pas encore pour autant, dans la réalité du quotidien, à se mettre autant qu'il le faudrait à leur écoute.

Bien des parents cependant ont d'ores et déjà franchi le pas. Leurs enfants m'ont envoyé leurs questions ou ils s'en sont eux-mêmes chargés. Qu'ils en soient ici remerciés. Ce livre leur est dédié.

LE COURRIER DES ENFANTS

Pourquoi il y a des gens qui n'ont pas de maison ? Ça me fait triste...

Rose, 3 ans

Qu'est-ce que tu en penses, Rose ? Je te le demande parce que les enfants, parfois, pensent que les gens qui sont dans la rue le sont parce qu'ils ont été méchants, punis et chassés de chez eux. Ce n'est pas vrai, bien sûr, mais c'est logique de penser ça. Parce que n'avoir aucun endroit, même tout petit, où l'on puisse avoir un peu chaud, ne pas recevoir la pluie sur la figure et surtout être tranquille quand on a besoin d'être seul, c'est tellement dur que ça peut faire penser à une punition très sévère. Mais, je te le répète, ce n'est pas ça. Les personnes qui sont dans la rue le sont parce qu'elles n'ont pas assez d'argent pour avoir une maison et qu'elles ne sont pas aidées, ce qui n'est pas normal. Elles n'ont pas d'argent parce qu'elles n'ont pas de travail. Pas parce qu'elles sont bêtes ou pas courageuses, mais parce qu'il n'y a pas assez de travail pour tout le monde. Et cela non plus, ce n'est pas normal. Tu as demandé à ta maman si toi, plus tard, tu aurais une maison ou si tu serais comme eux. Et tu lui as dit que tu ne voulais pas dormir sur le trottoir, que ça te faisait peur. Rassure-toi, Rose, tu ne seras pas comme eux. Tu rencontreras peut-être des problèmes, comme tout le monde. Mais je suis sûre que tu t'en sortiras. Pourquoi ? Parce que, à 3 ans, grâce à tes parents qui te parlent et t'écoutent, tu sais déjà que l'on peut trouver de l'aide en parlant de ce que l'on ressent. C'est une force pour toute la vie, une force que les gens de la rue, souvent, n'ont pas, parce que personne ne les a écoutés. Et les problèmes trop lourds, tu sais, quand ils restent dans la tête, ils peuvent faire tomber très bas. Aussi bas même que le trottoir…

Pourquoi j'ai été adoptée ?

Dorothée, 6 ans et demi

Tu as été adoptée, Dorothée, parce que tes « parents de naissance », le père et la mère qui ont permis que tu viennes au monde, n'ont pas pu te garder. (Si tu ne sais pas comment un homme et une femme font pour faire venir un enfant au monde, il faut que tu demandes qu'on te l'explique. C'est très important.) Pourquoi ils n'ont pas pu te garder ? Je ne le sais pas, bien sûr. Peut-être tes parents adoptifs le savent. Mais peut-être pas, parce que, souvent, on n'a pas d'informations précises. Ce que l'on sait, c'est que ce n'est jamais parce qu'un bébé n'est pas beau, pas gentil ou pas intelligent que ses « parents de naissance » ne le gardent pas. C'est parce qu'ils sont à un moment de leur vie où ils ne pourraient pas s'occuper de lui comme il faut. Quelquefois, c'est parce qu'ils sont très pauvres et ne pourraient même pas le nourrir, ou parce qu'ils sont trop jeunes, etc. Alors, comme cet enfant compte pour eux et qu'ils veulent qu'il puisse avoir une belle vie, ils le confient à un endroit qui est fait exprès pour ça : un orphelinat où l'on va s'occuper de lui et chercher, pour lui, des parents qui pourront l'aimer et l'élever. Et ces parents, ces parents « adoptifs », ce sont des gens qui voudraient bien avoir un enfant, mais qui n'y arrivent pas. Ils ont un cœur de parents et une tête de parents qui marchent très bien. Mais leur corps de parents ne veut pas marcher. Alors ils demandent le droit d'adopter un enfant. Quand ils ont ce droit, ils vont dans un orphelinat, et on leur présente un enfant qui n'a pas de parents. Ils se rencontrent, ils apprennent à se connaître. Si ça marche, ils s'adoptent. Les parents adoptent l'enfant. Et l'enfant adopte ses parents. Ils deviennent ses « parents adoptifs », et il les met dans son cœur à côté de ses « parents de naissance ». Et c'est une belle histoire. Parce que c'est une histoire où l'on se choisit pour s'aimer, pour toute la vie. Bonne vie, Dorothée !

Pourquoi je ne peux pas regarder la télé le matin ?

Isis, 3 ans et demi

Je pense, Isis, que tes parents, comme beaucoup de parents, ne veulent pas que tu regardes la télé avant de partir à l'école parce que la télé, ce n'est pas la vie « pour de vrai ». C'est la vie « pour de faux ». Les films que tu regardes à la télé, les dessins animés racontent des histoires qui ne peuvent pas arriver en vrai. Des histoires avec des animaux qui parlent, par exemple ; qui marchent sur deux jambes comme des humains, qui sont habillés comme de vraies personnes, etc. Ces histoires-là, c'est drôlement bien qu'elles existent parce qu'elles nous permettent de rêver, c'est-à-dire de nous raconter plein de choses dans notre tête. Mais tu sais, si l'on passe trop de temps à rêver, on n'arrive plus à vivre pour de vrai. C'est comme si l'on habitait dans le ciel, sur un petit nuage. On n'arrive plus à descendre sur la terre pour parler avec les autres, pour jouer et pour apprendre des choses à l'école. Et surtout, quand on est devant la télé, on est tellement captivé que l'on oublie qui l'on est. C'est comme si l'on entrait dans le film que l'on regarde et qu'on devenait l'ours ou le lapin que l'on voit… Les enfants qui regardent trop la télé ont toujours du mal ensuite à travailler à l'école. Parce qu'ils restent dans leur film, et on a l'impression qu'ils attendent que la maîtresse leur mette des images dans les yeux. Mais la maîtresse, elle ne s'occupe pas des images « pour de faux ». La maîtresse, elle dit de vrais mots pour que de vraies oreilles les entendent et que de vraies bouches lui répondent. La maîtresse, ce n'est pas une télé, et l'école, c'est pour de vrai. Donc on ne peut pas tout mélanger. Tu en reparles avec tes parents ?

Qui décide de ce qui est juste ?

Roman, 8 ans

Je crois, Roman, qu'il faut différencier deux sortes de « juste ». Il y a d'abord ce que nous trouvons « juste » en fonction des idées que nous avons (et qui nous semblent justes). Par exemple, si l'on pense juste que personne ne soit obligé de dormir dans la rue, on trouve juste de construire assez de maisons pour tout le monde. Ce « juste »-là est un « juste » qui peut se discuter parce qu'il relève d'une opinion qu'on a le droit d'avoir ou pas. On peut trouver que les gens qui n'ont pas cette opinion sont bêtes ou méchants, et les combattre. Mais ils ont le droit de penser autrement que nous. Ce n'est pas interdit. Et puis il y a des choses qui sont « justes » parce qu'elles doivent être admises par tout le monde pour que la vie soit possible. Par exemple, il est juste d'interdire de tuer les autres ou de les voler. Parce que, si ce n'était pas interdit, on ne pourrait pas, sans risques, sortir de chez soi. De la même façon, il est interdit d'avoir des relations amoureuses et de se marier dans sa famille. Et c'est juste parce que, si ce n'était pas interdit, on ne pourrait plus savoir qui on est et à quelle place on est. Une fille pourrait par exemple épouser son père et elle serait à la fois sa femme et sa fille. Et leurs enfants auraient la même personne comme père et comme grand-père. Tu imagines pour s'y retrouver ? Ce serait impossible ! Ce « juste »-là – qui est celui des lois – n'est donc pas une affaire d'opinion personnelle. Il a été décidé, au fil des siècles, par l'ensemble des hommes, et depuis se transmet de génération en génération.

Pourquoi des fois on aime ses parents et des fois on ne les aime pas ?

Baptiste, 5 ans et demi

Elle est drôlement importante, ta question, Baptiste ! Elle est même tellement importante que beaucoup de grandes personnes se la posent. Parce qu'aimer les autres et, parfois, ne plus les aimer, ça n'arrive pas qu'aux enfants avec leurs parents. Ça arrive aux enfants entre eux (ça ne t'est jamais arrivé avec tes copains ?). Et ça arrive aussi aux adultes avec leurs amis, et même avec leurs amoureux. Les gens que l'on aime le plus fort, il y a des jours où on ne les aime plus du tout, et même où on les déteste. Parce qu'ils nous énervent trop, par exemple. Et tu sais pourquoi ils nous énervent ? Parce qu'ils ne sont pas comme nous. Ils ne pensent pas la même chose que nous. Ils n'ont pas envie des mêmes choses que nous, ou alors ils n'en ont pas envie au même moment, etc. Et, dans ces moments-là, on les déteste parce que l'on est bien obligé de se rendre compte qu'ils sont vraiment différents de nous et que, en plus, on ne réussira jamais à les changer. Et évidemment, avec les parents, c'est encore pire parce que, comme ils commandent, quand ils ne sont pas d'accord, ce n'est pas drôle ! Tu vois, Baptiste, je crois que tu viens de découvrir une chose importante de la vie. Il va falloir que tu apprennes, comme tout le monde, à vivre avec. Et ce ne sera pas toujours facile, parce que l'on n'accepte jamais complètement cette différence des autres. Mais tu verras, à la longue, quand même, on s'habitue un peu et ça aide !

Pourquoi j'ai toujours peur que ma mamie meure ?

Elsa, 8 ans et demi

Tu me dis, Elsa, que depuis la mort de ton grand-père tu as tout le temps peur que ta grand-mère meure, qu'il lui arrive quelque chose la nuit, que l'on ne puisse pas la sauver, etc. Tu me demandes si c'est normal. Non. Il est normal de réfléchir à la mort. Surtout quand on la découvre pour la première fois. Et la mort de ton grand-père (il y a quatre ans) était peut-être la première que tu rencontrais. Mais, passé ce moment, qui peut être bouleversant, il faut accepter qu'elle existe. Ce n'est pas forcément une perspective très réjouissante, mais il faut savoir quand même que, sauf cas de maladie très grave (et, aujourd'hui, on les guérit de mieux en mieux), on meurt seulement quand on est très vieux. Ta mamie mourra donc avant tes parents. Eux-mêmes mourront avant toi, qui mourras avant tes enfants, qui mourront avant les leurs, etc. C'est la chaîne de la vie, c'est comme ça. Tu verras donc ta grand-mère mourir. Mais, pour l'instant, elle est là, elle est en bonne santé et elle ne vit pas au fin fond de la jungle. Donc, s'il lui arrive quelque chose, elle peut appeler ses voisins ou les pompiers. Il vaudrait donc mieux que, plutôt que de penser à sa disparition, tu profites de sa présence. Pourquoi n'y arrives-tu pas ? Je ne sais pas. Cela peut être lié à ce que tu as vécu quand ton grand-père est mort (a-t-on parlé suffisamment avec toi ?). Ou à une angoisse de ta grand-mère elle-même, que tu ressens sans t'en rendre compte et qui t'angoisse à ton tour. Ou à une inquiétude de tes parents. Je crois que ce serait bien que tu en parles avec eux. Tu essayes ?

Qu'est-ce qu'il y a après la mort ?

Valentine, 12 ans

Tu me dis, Valentine, que tu penses souvent à cette question mais que ta sœur aînée t'a conseillé de ne pas essayer de connaître la réponse. C'est bizarre. On dirait qu'elle croit que c'est dangereux. Un peu, tu sais, comme dans ces films où un sorcier dit, avec une voix caverneuse : « Ne cherche pas à savoir ce qu'il y a derrière cette porte, mon enfant... » Brrr !! Ça fait peur ! Rassure-toi. Il n'y a aucun danger. Penser à la mort n'a jamais fait mourir personne. Et, d'ailleurs, cette question fait partie de celles que l'humanité s'est de tout temps posées. Si elle était dangereuse, ça se saurait ! Cela étant, ce qui se passe après la mort, on n'en sait rien. Car, comme le dit la sagesse populaire : personne n'en est jamais revenu pour le dire. Il y a donc, en gros, deux écoles de pensée. Certaines personnes pensent qu'après la mort il n'y a plus rien. La personne n'est plus là. Ceux qui l'aimaient l'enterrent. Son corps retourne à la terre et son esprit disparaît. D'autres, au contraire, pensent que cet esprit ne disparaît pas, et qu'il commence, après la mort, une autre vie, qu'il se réincarne dans une autre personne ou renaîtra plus tard. Ces croyances sont celles des religions. Et ce serait bien, d'ailleurs, que tu trouves (à la bibliothèque, par exemple) des livres pour comprendre comment chaque religion envisage la mort. En tout cas, je te le répète, aucune de ces conceptions religieuses n'est prouvée par la science. Ce sont des croyances (on pense que c'est vrai, mais on ne peut pas le prouver). Ce qui est sûr et que je peux ajouter, c'est qu'il reste toujours quelque chose d'un humain après sa mort. Il reste le souvenir que ses proches, dans leur tête et leur cœur, gardent de lui. Un souvenir qu'ils peuvent, parce qu'ils pensent et parlent, transmettre aux générations suivantes.

Pourquoi les amoureux aiment s'embrasser sur la bouche alors que je trouve ça dégoûtant ?

Laurie, 8 ans

On peut, je crois, répondre à ta question de deux façons, Laurie. On peut y répondre d'abord en te faisant remarquer qu'il est toujours très difficile de juger d'une chose de l'extérieur. Parce que, de l'extérieur, on peut imaginer, supposer ce que les gens éprouvent, mais en fait on n'en sait rien. Surtout si la chose que l'on voit, on ne l'a jamais vécue soi-même. Et c'est vrai pour tout. Si tu regardes par exemple, à la télévision, un sportif ou une sportive faire des efforts terribles, tu peux croire qu'ils ressentent ceci ou cela (« Ça doit être dur ! Ça doit faire mal ! »). Mais pour savoir vraiment ce qui se passe en eux quand ils soulèvent un poids énorme ou quand ils essayent de sauter encore plus haut, il faudrait le leur demander. Et aucun d'eux, sans doute, ne répondrait la même chose…

La deuxième façon de te répondre, c'est de te dire que les baisers sur la bouche font partie des choses que font les amoureux mais que l'on n'a pas encore envie de faire à ton âge. Pas parce que l'on est bête ou bébé, mais simplement parce que l'on n'est pas encore arrivé au moment de sa vie où l'on aura envie de les faire. Donc, pour l'instant, pour toi, les baisers sur la bouche, c'est… beurk ! Tu changeras peut-être d'avis plus tard (ou peut-être pas… chacun ses goûts !). Et en plus, tu sais, tu t'en rendras compte, il y a des choses que l'on aime quand on est amoureux, alors que l'on pensait qu'on ne les aimerait jamais. C'est une sorte de miracle et aussi de mystère. On ne peut pas l'expliquer (et c'est tant mieux !), mais on peut le découvrir. Je te souhaite, Laurie, de faire plus tard beaucoup de découvertes.

Pourquoi j'ai peur des tremblements de terre ?

Isabelle, 6 ans

C'est normal que tu aies peur des tremblements de terre, Isabelle. Parce que ce sont des événements terriblement impressionnants. Puisque ce dont on est le plus sûr, le sol sur lequel nous posons nos pieds, se casse tout à coup en morceaux. C'est terrifiant ! Mais tes parents ont raison : à Paris, tu ne risques rien. Parce que – ils te l'ont certainement expliqué – les tremblements de terre ne peuvent pas arriver n'importe où. Ils arrivent dans des régions où certaines couches, sous la terre, ne sont pas stables. (Tu peux comprendre en empilant des biscottes l'une sur l'autre, par exemple. Si celle du dessous glisse ou se casse, toute la pile s'effondre !) Et ces régions, les scientifiques les connaissent. La région du tremblement de terre en Italie en faisait partie, mais Paris n'en fait pas partie. Alors pourquoi, sachant cela, tu as peur quand même ? Je ne sais pas. C'est peut-être parce que tu as beaucoup regardé à la télévision les images de l'Italie. Et les images, tu sais, c'est terrible. Parce que, quand on les regarde, c'est comme si l'on entrait dedans. Comme si l'on devenait les gens que l'on voit. On souffre comme eux, on a peur comme eux. Et ensuite, ça peut être difficile de redevenir soi. Comment on peut y arriver ? Chacun a sa méthode. Il y a des gens qui se forcent à respirer très fort pour se retrouver. D'autres font ce que font les chiens quand ils sont mouillés. Tu en as déjà vu ? Ils se secouent très fort dans tous les sens. Ça s'appelle « s'ébrouer ». Et après, fini, ils sont tout secs ! Je suis sûre que, si tu réfléchis, tu vas trouver ta méthode à toi pour chasser les méchantes idées et les mauvais rêves. Tu essaies ?

Est-ce que c'est grave si mon père ne retrouve pas de travail ?

Éole, 9 ans

Le problème, Éole, est de savoir ce que veut dire pour toi « grave ». Parce que « grave », c'est un mot derrière lequel on peut rassembler beaucoup de choses qui n'ont pas du tout la même importance. On parle par exemple – et c'est justifié – d'une maladie grave quand elle met la vie d'un malade en danger. Mais on peut tout aussi bien considérer que c'est grave d'avoir oublié son stylo (alors que c'est seulement embêtant). Et puis ce qui complique encore les choses, c'est qu'il y a le « grave » des enfants et celui des adultes, qui ne sont pas du tout les mêmes.

Un enfant peut penser qu'un problème de ses parents est très grave parce que lui ne saurait pas le résoudre. Alors qu'eux, avec leur expérience d'adultes, sont parfaitement capables de le faire. Et, à l'inverse, les adultes ont souvent oublié que des choses qui leur paraissent, à leur âge, sans importance (une dispute à l'école, par exemple) peuvent être graves pour des enfants.

Tout ça pour te dire quoi ? Que perdre son travail est sans aucun doute grave, parce que l'on en a besoin pour vivre. Tes parents sont donc certainement inquiets, et tu le sens (et ce serait bien que tu leur en parles). Mais ça ne veut pas dire que ton père ne va pas retrouver de travail. Il est certainement très compétent dans son métier. Son entreprise l'a licencié parce qu'elle avait des difficultés (c'est fréquent aujourd'hui). Il va en retrouver une autre. Et, en attendant, il y a le « chômage », c'est-à-dire de l'argent que l'on reçoit pour vivre. Fais confiance à ton père, Éole, et cesse de t'inquiéter. Je suis sûre qu'il va s'en sortir.

Pourquoi je ne peux pas avoir la clef pour rentrer seul après l'école ?

David, 8 ans

Pour une raison qui me semble évidente, David : parce que tu es trop jeune pour rester seul chez toi, tous les jours, jusqu'au retour de tes parents. Tu n'es pas content de ma réponse ? Cela ne m'étonne pas. D'autant qu'elle ressemble certainement à celles qu'ils t'ont déjà faites. Alors, pour qu'il n'y ait pas de malentendu, je vais te l'expliquer. Quand je te dis « tu es trop jeune », cela ne veut pas dire « tu n'es qu'un bébé, on ne peut ni te prendre au sérieux, ni te faire confiance ». Loin de là.

À 8 ans, on n'est plus un bébé depuis longtemps. On est capable de prendre, seul, des initiatives et de penser, seul, dans sa tête. Et d'ailleurs tu le prouves en m'écrivant. À 8 ans, on est assez grand pour certaines choses, mais pas encore assez pour d'autres. Et ce n'est pas seulement l'opinion de tes parents ou la mienne. La loi, par exemple, interdit que l'on voie certains films avant 10 ans, 12 ans, etc. Pourquoi ? Parce que l'on n'est pas assez intelligent ? Bien sûr que non ! Parce que l'on n'a pas encore vécu (en pouvant y réfléchir ensuite) assez d'expériences pour pouvoir affronter, sans trop d'angoisse, ce que montrent ces films.

Pour rester seul chez soi, tous les jours, c'est pareil.

Il faut pouvoir faire face à certains dangers éventuels (dans une ville, il y en a toujours). Et surtout être capable d'organiser seul, tous les jours, son temps (travail scolaire, repos, etc.). Les enfants qui sont obligés de le faire racontent tous combien, une fois passée l'euphorie de la liberté, c'est difficile. Alors, continue à grandir dans ton corps et dans ta tête. Et, dans quelques années, tu pourras faire sans problème tout ce que tu ne peux pas encore faire aujourd'hui.

**Pourquoi, depuis qu'ils sont divorcés,
mon père ne veut plus dire bonjour à ma mère ?**

Raphaël, 12 ans

Je l'ignore, Raphaël. Mais je sais que, quand un homme et une femme ont divorcé, il arrive qu'ils restent un certain temps (et parfois même très longtemps) fâchés l'un contre l'autre. Ça te paraît bizarre ? Ça ne l'est pas. Un homme et une femme se marient parce qu'ils s'aiment. Ils ont envie de vivre ensemble, d'avoir des enfants, etc. C'est le cas de tes parents. Et puis il peut arriver qu'un jour ils ne s'aiment plus. Parce que l'amour des amoureux (l'amour des adultes) est un amour qui peut ne pas durer. Et, en cela, il est différent de l'amour des parents pour leurs enfants, qui, lui, ne s'arrête jamais.

Qu'est-ce qui se passe dans ce cas-là ? L'homme et la femme ne sont plus contents de vivre ensemble. Alors ils se disputent, pour tout et pour rien. Pour des choses importantes et pour d'autres qui ne le sont pas : « Pourquoi tu n'as pas acheté le pain ? », « Pourquoi tu laisses toujours traîner tes chaussettes ? »... Parfois, ils arrivent à se réconcilier, à redevenir amoureux, et parfois non. Alors ils divorcent. Quelquefois, ça les calme, quelquefois non. Et, dans ce cas, quand ils se rencontrent après le divorce pour s'occuper de leurs enfants, ils continuent à faire les anciens mariés fâchés. « Je t'en veux toujours ! Et d'ailleurs, je ne te dis pas bonjour ! » etc. Conclusion ? Les fâcheries de ton père et de ta mère, c'est leurs vieilles histoires d'amoureux. Tu n'y es pour rien. Et, même si ça se passe en ta présence, ça ne te regarde pas. Laisse-les se débrouiller tout seuls. Ils sont assez grands pour ça. Et occupe-toi de ta vie à toi, de l'école, de tes copains et de tes fiancées. Deviens grand, intelligent et heureux. C'est la seule chose qui compte. Et en plus, tu verras, ils seront fiers de toi !

Pourquoi papa fume, puisque c'est mauvais pour la santé ?

Guillaume, 7 ans

On peut, Guillaume, répondre à ta question de deux façons. D'abord en te disant que ton père fume parce qu'il est un adulte et qu'il a, de ce fait, le droit de le faire. Les adultes, en effet – je te le rappelle parce que ce n'est jamais inutile... –, ont le droit de faire, parce qu'ils en ont l'âge, des tas de choses qui sont interdites aux enfants. Fumer en fait partie, comme conduire une voiture, se marier ou signer des chèques. Les adultes ont donc des privilèges (les enfants en tout cas le voient souvent comme ça...), et c'est une bonne raison pour avoir envie de grandir. Mais les adultes n'ont pas pour autant tous les droits. Ils doivent respecter les mêmes règles de vie que les enfants. Et, en plus, ils ont beaucoup plus de devoirs qu'eux. Parce que grandir, c'est cela : avoir de plus en plus de droits et, en même temps, de plus en plus de devoirs... Alors, cela dit, est-ce une bonne chose que ton père fume, même s'il en a le droit ? Non, bien sûr. Et il le sait, sans aucun doute. Mais le problème est que, quand on a commencé à fumer, il est très difficile de s'arrêter, même si on le veut vraiment. Le corps et la tête ont pris l'habitude de la cigarette. Elle est comme un copain méchant qui fait du mal mais que l'on n'arrive pas à quitter.

Alors, tu veux un conseil ? C'est le même sans doute que celui que ton père et ta mère t'ont déjà donné : puisque tu as la chance d'avoir des parents qui t'expliquent (ce que ton père n'a peut-être pas eu), ne commence jamais à fumer. C'est trop bête de se laisser « commander » par un petit machin rempli de tabac !

Pourquoi papa n'aide jamais maman à la maison ?

Elsie, 9 ans

Parce que ton papa (qui est sûrement par ailleurs un homme formidable) fait comme beaucoup de papas qui, alors qu'ils se conduisent pour tout le reste de leur vie comme des hommes de leur époque (ils utilisent la voiture, le téléphone, Internet, etc.), agissent encore, pour les tâches ménagères, comme leurs arrière-grands-pères. Je t'explique. Nous vivons, Elsie, à une époque et dans un pays où les femmes ont les mêmes droits que les hommes. Mais cela n'a pas toujours été le cas. Il n'y a pas si longtemps, les femmes n'avaient pas dans la société une place à part entière. Elles n'avaient pas le droit de voter, d'avoir un compte en banque, etc. Beaucoup d'entre elles ne travaillaient pas. Elles restaient à la maison, l'entretenaient et s'occupaient des enfants. Les hommes, eux, travaillaient à l'extérieur et gagnaient de l'argent pour faire vivre leur famille. Donc, quand ils rentraient le soir, il n'était pas question qu'ils s'occupent de la vaisselle et du ménage… Les temps ont changé, mais pas encore les idées dans les têtes. Les femmes aujourd'hui travaillent comme les hommes. Mais on continue à penser que c'est toujours à elles, quand elles rentrent, de tout faire dans la maison. Et ce n'est pas normal. Il faudrait que cela change. Il ne s'agit pas que les hommes se déguisent en femmes et les femmes en hommes. Mais que chacun, en restant à sa place d'homme ou de femme, partage avec l'autre le travail de la maison. Beau combat pour l'avenir, non ?

Pourquoi j'ai toujours du mal à choisir ?

Loulou, 11 ans

Parce que c'est difficile de choisir, Loulou. Pour tout le monde, même pour les adultes. C'est difficile d'abord parce que, pour choisir, il faut savoir ce que l'on aime et ce que l'on n'aime pas, ce que l'on veut et ce que l'on ne veut pas. Et ça, un enfant ne le sait pas en naissant. Il doit l'apprendre. Et il ne l'apprend pas avec des grands discours. Il l'apprend dans la vie de tous les jours. Si, par exemple, ses parents laissent un enfant décider de la couleur des chaussettes qu'ils lui achètent. Si, à table, quand il y a des pommes de terre et des carottes, ils lui demandent ce qu'il préfère, l'enfant apprend à réfléchir, à sentir ce dont il a le plus envie et à choisir. Mais si ses parents décident toujours tout pour lui, quand l'enfant doit choisir lui-même, il est perdu. Ça lui semble impossible. D'autant plus impossible, d'ailleurs, que, souvent, ses parents s'énervent et lui disent : « Tu vois, tu ne sais pas ce que tu veux ! Je vais choisir pour toi. » Ce qui est injuste. Et puis, même si l'on a eu la chance d'apprendre à décider, choisir est difficile parce que cela implique toujours d'abandonner quelque chose. Si l'on prend le gâteau au chocolat, on ne prend pas la glace à la fraise (et réciproquement). C'est dur. Parce que, si on se laissait aller, la plupart du temps, on prendrait les deux. Et ça, dans la vie, c'est impossible. On ne peut pas habiter à Lyon et à Marseille. On ne peut pas être boulanger et coureur cycliste. Il faut choisir. Voilà, Loulou. Il ne te reste plus qu'à réfléchir à tout cela et à t'entraîner à choisir. Tu verras. On y arrive !

Pourquoi les petits m'embêtent ?

Victor, 10 ans

J'ai eu l'impression en lisant ta question, Victor, et le petit mot de ta mère qui l'accompagnait, que tu n'es pas un garçon très heureux. Et je trouve que ce serait bien que l'on essaye de comprendre pourquoi. Tu me dis que, dans la cour de récré, les petits de maternelle et de CE2 (toi, tu es en CM2) t'embêtent. Ils te disent des gros mots et tu ne comprends pas pourquoi. Ça, déjà, c'est bizarre. Parce que tous les enfants disent des gros mots. Ça veut dire quoi ? Que toi, tu n'en as jamais dit ? Ça ne m'étonnerait pas, parce que ta mère me dit que tu es un garçon solitaire qui passe les récréations tout seul. Elle pense que c'est parce que tous les autres jouent au foot et que, toi, tu n'aimes pas le foot, mais ça ne me semble pas une explication suffisante. Parce qu'il y a beaucoup de garçons qui n'aiment pas le foot et qui ont quand même des copains avec lesquels ils parlent, qu'ils invitent, etc. Toi, non. Et c'est un problème, parce que les copains, tu sais, c'est l'école de la vie. Et cette école-là, elle est aussi importante que celle où l'on apprend à lire et à écrire. Il faudrait donc t'y mettre, et ça éviterait sûrement que les petits t'embêtent. Il est possible, en effet, qu'ils le fassent parce qu'ils trouvent ça bizarre, un grand qui est tout seul. Les grands, pour les petits, ce sont des modèles, ils les admirent. Alors un grand pas comme les autres, ça les inquiète. Et parfois, l'embêter, c'est une façon de le questionner : pourquoi tu es comme ça ? Je crois qu'il faudrait que ton père et ta mère t'aident à comprendre cette méchante solitude et à t'en débarrasser. Qu'est-ce que tu en penses ?

Est-ce qu'on choisit sa vie de grand plus tard ?

Luna, 11 ans

Sacrée question, Luna, à laquelle il est drôlement difficile de répondre ! Dans mon métier de psychanalyste, je reçois en effet des enfants, mais aussi des adultes, qui viennent me voir parce qu'ils sont malheureux et qu'ils ne veulent plus l'être. Nous cherchons donc ensemble l'origine de ce malheur qui les habite alors qu'ils ne veulent pas de lui. Et nous découvrons souvent qu'il est entré en eux parce qu'il y a eu, dans leur vie d'enfants, des choses qui étaient difficiles. On ne les a pas aimés, par exemple, ou pas aidés à affronter les difficultés de l'existence. Alors, chaque fois que l'une de ces difficultés s'est présentée, ils n'ont pas su y faire face. La réflexion désagréable d'un professeur, les moqueries d'un copain, la petite amie qui ne voulait pas d'eux, tout est devenu un drame. Chacun de ces épisodes leur a retiré de la confiance en eux, et ils sont devenus « pas sûrs d'eux » alors qu'ils ne l'avaient pas choisi. Donc il y a, tu vois, en chacun de nous, une part que nous n'avons pas choisie et qui risque de nous faire faire, pour notre vie, des choix que nous n'aurions pas faits si elle n'était pas là. Raison de plus pour choisir tout ce que l'on peut, sans problème, choisir. Et l'on peut choisir énormément de choses : ce que l'on aime, ce que l'on pense, le métier que l'on veut faire, la façon dont on veut vivre, le genre d'ami(e)s, de fiancé(e)s que l'on veut avoir. Si l'on souhaite avoir des enfants ou pas et la façon dont on les élèvera, etc. Oui, Luna, on peut choisir sa vie de grand. Et tu es déjà grande (dans ta tête) puisque tu me poses cette question. Je te souhaite une formidable vie !

Ma petite sœur me repousse tout le temps. Pourquoi ?

Jeanne, 6 ans

Je me suis demandé en te lisant, Jeanne, ce que faisaient tes parents. Tu as en effet une sœur de 12 ans et une autre de 2 ans. La grande te houspille souvent. Sans doute parce qu'elle est encore un peu jalouse, comme quand tu es née... Et puis aussi parce que tu lui rappelles probablement trop ce qu'elle était, elle-même, à 6 ans. Et que, à 12 ans, on a envie d'être grande et loin de son enfance. Tout cela n'est pas très grave. Ce qui l'est davantage, c'est ce qui se passe avec ta petite sœur. Elle ne supporte pas que tu t'approches de ta mère, elle hurle, elle te mord, elle te pince, etc. Pourquoi tes parents la laissent-ils faire cela ? C'est très cruel pour toi. Mais c'est aussi très mauvais pour elle. Elle se prend sans doute pour la reine du monde, elle veut être la seule, avoir toute la place, tout l'amour de sa mère. C'est normal à son âge. Parce que, à 2 ans, on ne connaît pas encore les lois du monde. Mais, si tes parents ne les lui apprennent pas, elle va faire quoi quand elle ira à l'école ? Elle va griffer et mordre, comme un chat ou un chien, les autres élèves ? Elle va s'acheter une mitraillette pour les tuer et avoir la maîtresse pour elle toute seule ? Ça ne va pas. Demande à tes parents d'intervenir. Et, puisqu'elle te repousse, arrête de lui demander de jouer avec toi. Dis-lui qu'elle n'est qu'une mini-puce et que tu vas jouer avec des copains de ton âge. Et ce serait bien d'ailleurs que tu réalises un peu plus qu'à 6 ans tu es grande. À ce propos, pourquoi ta mère a-t-elle écrit à ta place une partie de ta lettre ? Tu écris très bien. Tu pouvais le faire seule. Tu y penses ?

Pourquoi ça me met en colère quand je ne sais pas quelque chose ?

Basile, 5 ans

Parce que tu es un être humain, Basile. Et que tous les êtres humains ont du mal à accepter leurs limites. Chacun de nous voudrait être le plus grand, le plus beau, le plus fort, le plus intelligent. Et tout ça sans effort, comme avec une baguette magique. Un petit coup sur la tête, et hop ! ça y est, je suis le roi du monde ! Évidemment, c'est impossible, mais on a du mal à l'admettre. Et plus encore à ton âge. Parce que, quand on est enfant et que l'on ne sait pas quelque chose, on s'imagine toujours que c'est parce que l'on est bête. Et que tous les autres (et surtout les adultes) n'ont pas ce problème parce que, eux, ils savent tout et depuis toujours. Alors on se sent humilié, malheureux et, comme toi, en colère. Mais, rassure-toi, tout cela n'est pas vrai. En réalité, quand un petit humain arrive sur terre, il ne sait rien. Pourquoi la lune ? Pourquoi le soleil ? La nuit ? Le matin ? Les gens ? Les bruits ? Il doit tout apprendre. Et apprendre ensuite tout ce dont il a besoin pour se débrouiller dans la vie : marcher, parler, mettre des vêtements. Et puis après : lire, écrire, compter, etc. C'est difficile pour tout le monde et ça prend toujours beaucoup de temps. Mais ce n'est pas grave. Au contraire. Parce qu'apprendre, c'est être comme un explorateur qui arrive pour la première fois dans un pays qu'il ne connaît pas. Il se trompe souvent de chemin, mais il fait des milliers de découvertes. Alors la prochaine fois que tu ne sais pas quelque chose, ne te mets pas en colère. Dis-toi plutôt : « Je ne sais pas ? Chouette ! Je vais pouvoir apprendre ! »

J'ai peur de dormir dans ma chambre. Pourquoi ?

Yves, 12 ans

La lettre que tu m'as écrite n'est pas la tienne, Yves, car elle est à l'évidence celle d'un adulte. Ta mère te l'a donc sans doute dictée. Et si j'y réponds quand même, c'est parce que je suis très inquiète pour toi. Tes parents sont divorcés depuis longtemps. Tu vis avec ta mère. Et, comme tu as peur dans ta chambre, tu dors dans la sienne. C'est un vrai problème. Parce que ce n'est pas ta place. Et que, quand on n'est pas à sa place, on grandit de travers dans sa tête. Il faudrait donc le régler. Mais « on » me donne, pour l'expliquer, des raisons bizarres. Tout serait en effet la faute de ta belle-mère (la seconde femme de ton père). Elle t'aurait fait peur quand tu étais petit en te faisant croire qu'elle était une sorcière. Cela aurait provoqué en toi de l'angoisse et même de la paranoïa (rien que ça !). Et « on » m'en donne pour preuve les cauchemars que tu fais, que l'« on » analyse dans leurs moindres détails. Bon… Je ne connais pas ta belle-mère, Yves, mais ce que j'entends, c'est que ta mère est très, très jalouse d'elle et que tu es pris en otage dans cette jalousie. Tout ce qui se passe dans ta tête et ta vie est utilisé pour la condamner. Tu n'as donc pas le droit d'être le garçon que tu es et de penser par toi-même. Tu dois être ce qu'imagine ta mère. Un personnage du film qu'elle se raconte à propos de cette femme. Et tu n'as même pas droit à ton nom. Puisque, alors que tu me demandes de te répondre par lettre (ce que je ne fais jamais), tu oublies de le mentionner. Pourquoi ? Parce qu'il est celui que t'a donné ton père et dit, à ce titre, que tu n'es pas la propriété de ta mère ? Il faut que quelqu'un t'aide, Yves, et vite. Et aide aussi ta mère. Pourquoi ne m'écrirait-elle pas – cette fois en son nom – pour me parler de ce qui la fait souffrir ?

Pourquoi mon beau-père ne veut pas que je voie mon père ?

Mathieu, 11 ans

Ta lettre, Mathieu, raconte une grande souffrance. Tu as 11 ans. Tes parents se sont séparés quand tu avais 2 ans. Ta mère est partie avec toi à l'étranger et tu n'as plus eu avec ton père que des contacts téléphoniques. Aujourd'hui, de retour en France, tu voudrais le revoir, mais ton beau-père s'y oppose parce que ton père a fait de la prison. Et ce beau-père est particulièrement sévère avec toi parce qu'il ne veut pas, dit-il, que tu deviennes comme ton père. Je trouve cela terrible, terriblement injuste, et terriblement destructeur pour toi. Ton père est ton père, et personne – à part un juge – n'a le droit de t'empêcher de le voir. Il a fait des choses qui l'ont mené en prison ? Et alors ? Des tas de gens très bien font des bêtises parce qu'on ne leur a pas expliqué ce que l'on aurait dû leur expliquer quand ils étaient enfants. Ils sont punis, ils payent leur dette à la société, ils ne recommencent plus et tout va bien. Et ça ne les empêche nullement d'être de bons parents. Au contraire. Parce qu'ils savent mieux que les autres où peuvent mener les bêtises. Ton beau-père veut peut-être t'aider, Mathieu. Et il est peut-être aussi, sans le savoir, jaloux de ton père (comme père de toi, qu'il aime, et comme ancien amoureux de ta mère). Mais il se trompe. Il faut donc que ta mère lui parle et qu'elle te permette de voir ton père, même s'il n'est pas d'accord. Et, si elle ne le fait pas, il faut que tu demandes l'aide d'autres adultes (au collège, par exemple). Courage, Mathieu, je pense à toi.

Pourquoi je ne suis pas sorti avant ma sœur du ventre de maman ?

Julien, 5 ans et demi

Émilie, ta sœur, a 8 ans et demi – trois ans de plus que toi – et tu as demandé à ta maman : « Pourquoi je ne suis pas sorti avant elle quand on était dans ton ventre ? » « Quand on était dans ton ventre »… Cette formulation me fait penser que, comme on t'a sans doute expliqué que les bébés sont, avant de naître, dans le ventre de leur mère, tu crois peut-être qu'ils y sont tous ensemble. Et qu'ils en sortent dans un ordre que tu interroges et peut-être même que tu contestes : « Zut alors ! Pourquoi elle est sortie la première, celle-là ? » Ce n'est pas comme cela que ça se passe. Pour faire un enfant, il faut un ovule, que le corps de la femme fabrique, et un spermatozoïde, que produit celui de l'homme et qu'il peut déposer dans le corps de sa femme quand ils s'aiment très fort. Un bébé se fabrique alors dans le ventre de la femme et, au bout de neuf mois, il sort : c'est sa naissance (tes parents pourront t'expliquer tout cela plus précisément). Le premier enfant de tes parents a été Émilie. Ensuite, pendant trois ans, il n'y a eu aucun bébé, et puis, un jour, il y a eu un nouvel enfant : toi, Julien. Et peut-être un jour il y en aura un troisième. Voilà. Chaque enfant a son temps dans le ventre de sa maman, sa date de naissance à lui et sa place à lui.

Et chacun grandit. Un jour, tu auras 8 ans et demi, comme Émilie aujourd'hui (et elle aura à ce moment-là 11 ans et demi). Elle sera toujours plus grande que toi, et toi, tu seras plus grand que le troisième enfant (s'il arrive). C'est la vie. Mais, rassure-toi, la vie n'est pas une course cycliste. Arriver le premier sur terre ne veut pas dire qu'on est le plus fort. C'est juste le hasard. Alors, bonne vie, Julien !

J'ai plusieurs amoureuses. Comment faire un choix ?

Pierre Emmanuel, 10 ans

J'ai pensé, en lisant ta question, Pierre Emmanuel, que tu avais vraiment de la chance. Trois amoureuses, c'est super ! Et ça veut dire que tu es un garçon séduisant, intelligent et qui sait intéresser les filles. Ce sont de grandes qualités. Cela dit, ta question m'a étonnée. Pourquoi en effet devrais-tu absolument choisir ? Tu veux le faire parce que tu te sens mal dans la situation présente ? Ou bien tu veux le faire parce que d'autres que toi (tes copains, tes frères et sœurs, tes parents…) t'ont dit qu'il fallait choisir ? Si la question que tu poses est la tienne, ce que je peux te dire, c'est que, quand il y a dans ce domaine un choix à faire, il se fait en général tout seul. Trois filles te plaisent ? Tu plais à trois filles ? Très bien. Tu n'es pas obligé de t'engager avec l'une ou l'autre. Tu peux très bien continuer ton chemin avec les trois (en leur expliquant gentiment que tu n'es pas prêt à choisir). Et peut-être qu'à la longue l'une des trois se « détachera du peloton », comme on dit. Ou peut-être qu'une quatrième apparaîtra. Sait-on jamais ? Maintenant, si quelqu'un d'autre te conseille, ne laisse pas cette personne décider à ta place. Les histoires d'amour, tu sais, et la façon de les vivre, c'est particulier à chacun, et cela s'invente à chaque fois. Il n'y a que toi qui peux savoir ce qui est bien pour toi. Et, si tu ne le sais pas (ce qui, que l'on soit grand ou petit, arrive souvent), continue à avancer et attends que l'expérience t'apporte une réponse. Ton père n'a sûrement demandé l'avis de personne pour épouser ta mère. Il a décidé seul. Tu peux le faire aussi.

Pourquoi c'est interdit par la loi de se marier avec ses parents ?

Tom, (presque) 10 ans

Parce que, précisément, ce sont… ses parents, Tom ! Je t'explique. La vie, tu sais, c'est un peu comme un long voyage que l'on aurait à faire dans un train. Pour qu'il se passe bien, il faut avoir une place à soi. Une place bien définie que personne n'a le droit de vous prendre. Comment peut-on avoir une place dans la vie ? En sachant clairement comment on se situe par rapport aux autres personnes de sa famille. On est le fils de son père et de sa mère, le petit-fils de ses grands-parents, le frère de ses frères et sœurs, etc. Et on peut inscrire tous ces fils invisibles qui relient les gens entre eux sur un grand tableau que l'on appelle un arbre généalogique. Tout est alors clair. Mais à une condition. À condition que chacun ait une place et une seule. Or, si un garçon par exemple épouse sa mère, il se passe quoi ? Il reste son fils (puisqu'il est sorti de son ventre), mais il devient en plus son mari (deux places !). Et donc, éventuellement, le père de nouveaux enfants qui seront à la fois ses enfants et… ses demi-frères et sœurs (deux places !). Impossible de s'y retrouver ! En plus, problème supplémentaire : si un garçon épouse sa mère, réfléchis ! Il fait quoi de son père ? Il l'envoie sur la Lune ? Il le transforme en crocodile ? Commode, non ? Et puis, dernière raison pour laquelle la loi interdit que les enfants épousent leurs parents (et vice versa), c'est que, s'ils le faisaient, ils resteraient avec eux, qui sont beaucoup plus vieux. Ils n'iraient donc jamais ailleurs et le monde n'avancerait pas. En fait, un monde où l'on pourrait épouser ses parents serait un monde sans extérieur ni avenir. Ce serait un monde pas vivant. Alors… vive la loi !

Ai-je une chance avec le garçon que j'aime ?

Sophie, 14 ans

J'ai 14 ans. Il y a quatre ans, je suis tombée amoureuse d'un garçon. Il a un an de plus que moi et il séduit tout le monde. Il ne s'intéressait pas à moi, puis il m'a donné des signes positifs. Ensuite, il a cessé, puis recommencé, et ainsi de suite. Est-ce que vous croyez que j'ai une chance ?

Vous me demandez mon avis, Sophie ? Le voilà : ce que vous me racontez dans votre longue lettre ne me rend pas ce garçon très sympathique. Je crois qu'il a compris que vous étiez amoureuse de lui, et je crois que lui ne l'est pas (ce qui est son droit), mais qu'il continue à vous faire croire qu'il pourrait l'être. Parce que vos sentiments le flattent et lui permettent probablement de se prendre pour un grand séducteur. La façon dont il se conduit avec vous, faisant souffler le chaud et le froid en permanence (un jour je m'intéresse à toi, le lendemain je t'ignore), prouve qu'il n'a aucun respect des autres et n'est préoccupé que de lui-même. (Êtes-vous sûre d'ailleurs qu'il s'intéresse aux filles ? Il a une copine ?) Et puis il y a autre chose que je veux vous dire : c'est mon étonnement devant l'attitude de votre mère, qui partage tout cela avec vous comme si elle avait votre âge (ce n'est pas sa place). Et qui vous maintient dans cette histoire, en vous disant par exemple qu'il s'intéresse à vous puisqu'il vous regarde. Les chats aussi, Sophie, regardent les souris avec lesquelles ils jouent. Mais ce n'est pas pour les épouser, c'est pour les manger ! Laissez tomber cette histoire, Sophie. Quatre ans, c'est trop long, et vous n'avez plus 10 ans. Je suis sûre que si vous cessez d'être fascinée par ce triste sire, vous allez découvrir autour de vous des amoureux qui n'attendaient qu'un regard de votre part…

Pourquoi c'est difficile de dire à mon amoureuse que je ne l'aime plus ?

Jules, 12 ans

D'abord, et probablement, Jules, parce que ça va lui faire de la peine et que tu préférerais la voir heureuse. Est-ce que cela suffit pour autant à expliquer tes difficultés ? Je ne le pense pas. Car dire à quelqu'un qu'on ne l'aime plus, c'est se poser face à cette personne en affirmant clairement ce que l'on est et ce que l'on pense. Que l'on soit grand ou petit, cela demande toujours beaucoup de courage. Par rapport à l'autre, parce que cela consiste à lui dire : « Moi c'est moi, et toi c'est toi. Toi tu penses blanc, mais moi je pense noir. » C'est-à-dire à ne plus parler et agir en fonction de ce qu'il (ou elle) attend, mais en fonction de ce que l'on ressent profondément. C'est donc se diriger soi-même, dire véritablement « je », et c'est risqué parce que l'autre peut ne pas le supporter et nous rejeter. Et puis dire et faire ce que l'on veut vraiment, c'est difficile aussi par rapport à soi-même. Parce que dans ce cas on ne joue plus, au jeu de la vie, avec des allumettes. On joue avec de vrais sous et, si l'on perd, ça va faire mal… Dis à ton amoureuse que tu ne l'aimes plus, Jules. Dis-le-lui avec amitié, avec respect, et surtout sans l'humilier. Mais dis-le-lui. Parce que c'est la vérité, ta vérité. Et qu'il ne faut jamais tricher avec sa vérité, quel que soit le prix à payer. Sois fort, Jules, je pense à toi.

Comment ne plus penser tout le temps à la mort ?

Thomas, 11 ans

Je vais sûrement t'étonner, Thomas, mais ce qui m'a vraiment frappée dans ta lettre, c'est que tu la commences par : « Bonjour Claude » et que tu me tutoies. Claude ? C'est curieux, non, d'appeler par son prénom quelqu'un que l'on ne connaît pas du tout ? Et qui plus est une dame qui, étant donné son âge, pourrait être non seulement ta mère mais probablement ta grand-mère. Pourquoi je souligne cela ? Pas du tout pour des raisons de politesse, mais parce que, aussi bizarre que cela paraisse, cela peut avoir un rapport avec ton problème. Dans quelles circonstances en effet un enfant tutoie-t-il un adulte ? Quand il est petit, parce qu'alors il tutoie tout le monde et c'est normal. Et, plus tard, quand cet adulte est un membre ou un proche de sa famille. Or, tu n'es plus petit : tu as 11 ans et nous ne nous connaissons pas. Comment donc expliquer que tu me tutoies ? Peut-être parce que tu n'as pas conscience de ton âge. Peut-être parce que tu ne fais pas bien la différence entre ta famille et l'extérieur. Ou peut-être encore parce que tu ne fais pas bien la différence entre les adultes et les enfants. Autrement dit, parce que tu ne sais peut-être pas bien, au fond de toi, quelle est ta place. Et, quand un enfant ne sait pas quelle est sa place, rien pour lui ne peut être à sa place. Même pas la mort. Il imagine qu'elle peut arriver n'importe quand et à n'importe qui. Or, pas du tout. Tes parents sont jeunes. Tes grands-parents aussi. Et toi, tu es au début de ta vie. Personne ne va donc mourir avant bien longtemps. Alors, pourquoi « se prendre la tête » avec une chose aussi improbable ? Tu réfléchis ?

Pourquoi je contredis mes parents ?

Léo Paul, 8 ans et demi

Parce que tu es intelligent, Léo Paul. Et que, étant intelligent, tu n'as probablement pas envie d'accepter sans y réfléchir par toi-même tout ce que disent tes parents. Mais ce genre de problème est toujours compliqué. Du fait des parents, d'abord, parce que leur travail est complexe. Ils doivent en effet à la fois apprendre à leurs enfants à obéir (aux règles de vie qu'ils leur transmettent) et les aider à devenir des êtres libres, capables de penser par eux-mêmes. Ce n'est pas simple d'articuler ces deux objectifs ! Parce qu'ils peuvent soit laisser leurs enfants « discutailler » sans fin à propos de tout, et ce n'est pas possible, soit empêcher leur intelligence de se développer en les transformant en bons petits soldats silencieux et soumis qui obéissent au doigt et à l'œil. C'est très difficile de trouver la juste mesure ! Et puis c'est compliqué aussi du fait des enfants. Parce que, quand on est un enfant, on essaye toujours d'être adulte à la place des adultes, et même parfois plus adulte que les adultes. Et quand un enfant est intelligent, il est souvent tenté d'utiliser ses capacités intellectuelles pour jouer à être le plus fort… Tout ça pour te dire que, si ce que tu appelles « contredire tes parents » consiste à penser par toi-même et à exprimer ton opinion, tout va bien. Et il faut que tes parents l'acceptent, même si c'est compliqué pour eux (et ça peut l'être à cause de ce qu'ils ont vécu, enfants). Mais si « contredire » veut dire contester tout et faire le chef, ça ne va pas. Tu y réfléchis ?

C'est quoi, être libre ?

Victoire, 4 ans

Ta maman m'écrit, Victoire, qu'elle a peur de ne pas savoir répondre à ta question. Je partage sa peur. D'abord parce que j'aurais aimé, avant de te répondre, te demander ce que c'est, à ton avis, « être libre ». Cela m'aurait peut-être permis de cerner un peu mieux tes préoccupations. Et puis surtout parce que cette question est si importante que des messieurs et des dames dont le métier est de réfléchir – on les appelle des philosophes – travaillent sur elle depuis des milliers d'années. Alors, que te dire ? D'abord qu'il existe dans le monde (et même dans notre pays) beaucoup d'enfants comme toi et de grandes personnes comme moi qui ne sont pas libres. Ils n'ont pas le droit de dire, de faire ce qu'ils veulent, d'aller où ils le veulent. La liberté, tu l'apprendras plus tard à l'école, il faut toujours se battre pour la gagner et se battre pour la conserver. La seconde chose que je peux te dire, c'est que, même si l'on n'a pas ce genre de problèmes, la liberté n'est jamais totale. Elle est limitée par les lois et par l'existence des autres : il faut toujours veiller à ne pas leur faire de mal. Et par ce que nous sommes : toi comme moi, même si nous le voulons très fort, nous ne pouvons pas nous transformer en oiseaux et nous mettre à voler… Alors, qu'est-ce qu'il nous reste ? Tout ce que l'on peut faire à l'intérieur de ces limites, et c'est énorme. Les hommes, par exemple, ne peuvent pas voler, mais leur intelligence leur a permis de fabriquer des avions pour aller dans le ciel. C'est bien, non ? Et puis surtout, ce que j'ai, je crois, envie de te dire, c'est que nous pouvons tous, tous les jours, nous battre dans notre cœur et notre tête pour être un peu plus libres. Comment ? En essayant toujours de dire ce que nous pensons vraiment. Même si ce serait plus facile de dire ce qui va faire plaisir aux autres. Tu y penses ?

Quand est-ce que papa et maman vont se séparer ?

Romane, 7 ans

Qu'est-ce qui te fait penser, Romane, que tes parents pourraient se séparer ? Est-ce qu'ils t'en ont parlé ? Ou bien est-ce que, sans qu'ils t'en aient parlé, tu imagines que cela pourrait arriver parce qu'ils ne s'entendent pas bien, qu'ils se disputent souvent, etc. ? Ou bien est-ce que tu penses cela parce que, ayant des copains dont les parents sont séparés, tu te dis que tous les parents se séparent un jour ou l'autre et que les tiens vont forcément le faire ? Ou bien est-ce que tu crois que cela va se produire parce que tu as parfois pensé (pour une raison ou pour une autre) que ce serait mieux pour toi s'ils étaient séparés ? Tu n'es pas là pour me répondre, mais je peux quand même te dire qu'il arrive effectivement que les parents se séparent parce que l'amour entre adultes peut ne pas durer toujours. Mais ce n'est pas une obligation. Certains parents ne se séparent pas. De toute façon, tes parents, puisqu'ils m'ont transmis ta question, sont attentifs à toi et soucieux de ton bonheur. Il est donc sûr que, s'ils devaient se séparer, ils te préviendraient et continueraient, même séparés, à s'occuper tous les deux de ta vie. Tu peux donc, je crois, penser tranquillement à autre chose : à ta prochaine glace à la fraise, à ta prochaine super, super bonne note, à ton prochain fiancé, etc. Ce serait quand même plus gai. Tu ne crois pas ?

Pourquoi on ne peut pas aller dans la chambre des parents quand on fait des cauchemars ?

Apolline, 9 ans

Parce que si c'était possible, Apolline, on n'arrêterait jamais de faire des cauchemars. Pourquoi ? Je vais te l'expliquer. D'abord, il faut que tu saches que nous avons tous dans la tête des envies, des idées dont nous n'avons pas conscience mais qui ont, de temps en temps, besoin de se faire connaître. Et qui, pour cette raison, sortent sous forme de petits films assez mystérieux (parce que, pour sortir, les idées se déguisent) que nous voyons quand nous dormons. On les appelle des rêves et, quand ils sont effrayants, des cauchemars. Quand on se réveille d'un cauchemar, en général, on se sent mal, et, souvent, on a peur, parce que l'on ne sait plus vraiment si l'on est à l'abri dans sa maison ou si l'on est encore dans le méchant film que l'on vient de voir. Alors, quand un enfant est petit (c'est-à-dire bien avant 9 ans, parce que, quand on a 9 ans comme toi, on est grande…), c'est bien que ses parents puissent le rassurer, lui expliquer que les monstres n'existent pas, etc. Mais il faut qu'ils fassent cela dans sa chambre. Pourquoi ? Parce que, s'ils l'emmenaient dans la leur, ce serait comme lui dire que les cauchemars permettent de faire des choses qui d'habitude sont interdites. Et l'enfant, sans même s'en rendre compte, finirait par se dire que, si les cauchemars donnent ce droit-là, ça vaut le coup d'en faire. Et ça continuerait. Donc, tes parents ont raison. Cauchemars ou pas, tu restes dans ta chambre. D'accord ?

Le pédiatre m'a dit que j'étais trop grosse.

Julia, 8 ans

J'ai pensé en lisant ta question, Julia, et en entendant la souffrance avec laquelle tu la poses, que ce qui t'arrive est un bon exemple de la façon dont les adultes peuvent, sans le vouloir ni le savoir, faire souffrir les enfants. Ta maman – qui me transmet ta lettre – me dit en effet que ton pédiatre (plutôt gentil) t'a pesée, qu'il vous a annoncé ton poids et qu'il a ajouté : « Tu es trop grosse ! » Et elle dit que, depuis, tu la supplies de ne dire ce poids à personne, comme si tu en avais honte et surtout comme si tu t'en sentais coupable. Je crois qu'il faut remettre les choses à leur place. Aimer manger n'est pas une faute, bien au contraire. Mais manger, c'est comme jouer, on ne peut pas le faire tout le temps (si l'on ne fait que jouer, on devient bête) et on ne peut pas le faire n'importe comment (on ne joue pas au ballon au milieu de la rue), sinon c'est dangereux. C'est pareil pour la nourriture. Ton corps est à l'âge où il prend des habitudes qu'il va garder. Si tu l'habitues à manger trop ou trop de choses qui font grossir (des bonbons, des gâteaux, des frites, etc.), il ne pourra plus s'en passer. Il grossira, et si, en grandissant, tu as envie d'être mince, tu seras obligée de lui faire la guerre. C'est idiot. Apprends-lui dès maintenant à manger comme il faut : « Tu veux un gâteau, mon corps ? D'accord ! Mais pas deux, c'est trop ! » Tu verras, ça va marcher, il va t'obéir. Tu maigriras et, en plus, tu seras drôlement fière de toi.

Pourquoi mon petit frère est plus grand que moi ?

Basile, 4 ans

Ta question est très intelligente, Basile, et parfaitement justifiée car, en français, le mot « grand » a plusieurs sens. On peut en effet être « grand » par la taille : on parle, s'il est très haut, d'un grand arbre. Mais on peut l'être aussi par l'âge. Toi, par exemple, tu es né avant ton frère. Tu es donc plus âgé que lui. Tu es son « grand frère », et il est ton « petit frère ». Et puis il faut que tu saches aussi que le mot « grand » peut renvoyer aux qualités de quelqu'un : quand un homme a fait dans sa vie des choses très importantes, on dit qu'il est un « grand homme ». Et, évidemment, comme tu l'as bien senti, tout cela peut devenir très compliqué. Parce qu'on peut être un « grand homme » alors que l'on est petit par la taille, etc. Et le problème avec ton frère est du même ordre. Il est, à cause de son âge, ton « petit frère », et il le restera toujours. Même s'il devenait un géant de quarante-cinq mètres (tu imagines ? Ce serait rigolo, il aurait la tête à la hauteur des oiseaux...), il ne pourrait pas te rattraper. Votre différence de taille peut changer, car vous allez grandir tous les deux. Ou ne pas changer, car nous héritons tous de caractéristiques physiques qui nous viennent des familles de notre père et de notre mère. Nous avons donc, en fonction des personnes auxquelles nous ressemblons, des tailles, des couleurs d'yeux différentes, etc. De toute façon, ce qui est important, ce n'est pas la taille, c'est ce que l'on a dans la tête et dans le cœur. L'important, Basile, n'est pas que tu deviennes un homme grand. Il est que tu deviennes un grand homme.

Pourquoi j'ai eu envie de rire à l'enterrement de ma grand-mère ?

Cécile, 9 ans (bientôt 10)

Il faut d'abord que tu te rassures, Cécile. Avoir envie de rire à un enterrement n'a rien d'extraordinaire. Cela arrive à beaucoup d'enfants, et aussi, il faut que tu le saches, à beaucoup d'adultes. Et c'est toujours très pénible à vivre pour la personne qui a cette envie. Parce qu'elle se sent souvent coupable et même honteuse. D'autant plus honteuse qu'en général les autres gens la regardent avec un air étonné et même parfois fâché, parce qu'ils ne comprennent pas ce qui se passe. Ils s'imaginent que la personne rit parce qu'elle est gaie, et ils sont scandalisés que quelqu'un puisse être gai alors qu'ils sont, eux, aussi tristes. Or c'est faux. On peut rire parce que l'on est gai. Mais on peut rire aussi parce que l'on est très angoissé. Tellement angoissé que l'on ne peut plus ni pleurer ni même parler. Je ne sais pas pourquoi tu as ri, Cécile, parce que je ne te connais pas et que je ne sais rien du lien que tu avais avec ta grand-mère, si vous étiez très proches ou pas très proches. Je ne sais pas non plus si ta grand-mère était la première personne que tu voyais mourir, si cet enterrement était le premier auquel tu assistais. Et puis il faudrait savoir aussi quelles autres personnes étaient là (des membres plus éloignés de ta famille, des amis de tes parents...) et le rapport que tu as avec elles. Ce que je peux te dire, c'est que ce rire est venu du fond de ton cœur et de ta tête, qu'il est aussi compliqué à comprendre qu'un rêve. Mais que, un jour ou l'autre, en y réfléchissant, tu finiras, j'en suis sûre, par le comprendre.

Comment c'est possible de ne pas aimer les animaux ?

Anatole, 7 ans

Tu as raison, Anatole, quand on aime les animaux, c'est difficile de concevoir que des gens ne les aiment pas. Et pourtant, il en existe, et même beaucoup. D'abord parce que, pour aimer les animaux, il faut être capable d'aimer. Or tous les humains naissent avec cette capacité. Mais elle ne peut se développer en eux que s'ils vivent dans un monde où ils reçoivent de l'amour, car ils apprennent alors à en donner. Si ce n'est pas le cas, ils doivent, pour supporter le manque d'amour, s'endurcir et deviennent souvent incapables d'aimer. Et puis aimer les animaux suppose une éducation. Parce qu'un enfant petit ne fait pas la différence entre le chat de la maison, par exemple, et ses peluches. Il peut lui tirer la queue, lui serrer le cou et s'amuser de le voir se débattre et miauler. Il faut donc lui apprendre que l'animal est vivant et qu'il souffre, et lui interdire très (mais vraiment très !) fermement de le traiter comme un jouet. Et puis enfin l'amour pour les animaux dépend de la façon dont la société dans laquelle on vit les traite, c'est-à-dire les respecte et prend en compte leur souffrance. Et, de ce point de vue, la nôtre est encore loin du compte. Elle traite très mal beaucoup de ses membres humains les plus faibles (les personnes âgées par exemple) et plus mal encore ses membres faibles à quatre pattes. Ce qui est dommage, parce que la façon dont elle traite les animaux est un indice du degré de civilisation d'une société. Une philosophe, Élisabeth de Fontenay, a écrit des choses formidables là-dessus. Tu pourras les lire plus tard. En attendant, je te souhaite de rencontrer et d'aimer beaucoup d'amis à quatre pattes…

En primaire, ma meilleure amie m'a laissée tomber. Je n'arrive pas à lui pardonner.

Anaëlle, 12 ans

Ce qui t'est arrivé est vraiment grave, Anaëlle. Tu avais une amie (« L »), et une autre fille (« N »), jalouse, dis-tu, de votre amitié, l'a montée contre toi. « N » est donc fautive, mais « L » aussi car, au lieu de résister, elle a commencé à te donner des claques, à dire du mal de toi, à t'insulter. Elle est donc devenue le pantin de « N ». C'était dur pour toi, mais vraiment problématique pour elle. Parce que si, toute sa vie, elle est le pantin des autres, ça ne va pas être terrible pour elle ! Ensuite elle a payé des garçons pour qu'ils viennent te frapper (!!). Et toi, tu as cessé de manger et de dormir sans pouvoir parler à ta mère. Puis tu l'as fait quand même (ouf !) et tu as quitté l'école parce que ta famille est partie à l'étranger. Aujourd'hui, tu es revenue, mais tu ne peux pas pardonner. Je ne crois pas, Anaëlle, que la priorité soit de pardonner. Elle est de savoir pourquoi tu as choisi (sans t'en rendre compte bien sûr, ce n'est pas ta faute !) une amie qui était capable de faire autant de mal aux autres. Et pourquoi tu t'es laissé martyriser sans rien dire. Il faut comprendre cela et, quand ce sera fait, tu verras si tu as envie de pardonner ou pas. On n'est pas obligé de pardonner. L'important est de ne plus être hanté par une histoire. Et, pour ne plus l'être, il faut savoir pourquoi elle a pu arriver (ce qui permet d'ailleurs d'être sûr qu'elle ne se reproduira plus). Est-ce que des adultes ont pu te faire souffrir quand tu étais petite (et même très petite) ? Est-ce que tes parents ont pu connaître (enfants ou adultes) la méchanceté sans pouvoir se défendre ? Réfléchissez ensemble. Cela va t'aider à comprendre ce qui s'est passé.

Je suis désordonnée et je ne finis jamais rien. Pourquoi ?

Alice, 10 ans

Ta lettre m'a fait un peu de peine, Alice, parce que tu lui as rajouté un petit mot, sur un deuxième papier, pour me dire : « J'ai écrit trop vite. » Comme si tu pensais toujours que ce que tu fais n'est pas bien. Ne t'inquiète pas. Ta lettre est très bien écrite et de plus elle pose une vraie question. C'est l'essentiel. Pourquoi tu es désordonnée ? Pourquoi tu ne finis jamais rien ? Et pourquoi tu « piques une crise » quand ta mère te demande de ranger quelque chose ? Je n'en sais rien. Mais on peut chercher ensemble. En posant tout de suite que ce n'est pas une affaire de « caractère » : les bébés ne naissent pas avec le gène de l'ordre ou du désordre dans la tête. Pour qu'un enfant puisse remettre les choses à leur place, il faut qu'il ait compris, parce qu'on le lui a expliqué, ce qu'est une place (sa place d'enfant par exemple, celle de son père, de sa mère, etc.) et l'importance qu'il y ait des places. Et, pour faire bien ce qu'il a à faire, il faut qu'il soit capable de le décider seul parce que (là encore parce qu'on le lui a expliqué) il en a compris l'utilité. Si un enfant, par exemple, ne sait pas que se laver les dents évite qu'elles s'abîment, et s'il le fait seulement pour que ses parents ne crient pas, le jour où ils ne sont pas là, il ne le fait pas. Parce qu'il est comme un petit robot affolé qui ne pense pas et ne peut qu'obéir aux ordres. Essaie de réfléchir à tout cela avec tes parents, Alice. Changez ensemble ce qui doit l'être et cesse de penser que tu es une fille « pas bien ». Tu es une fille très bien. Tu es juste comme une sportive qui a été mal entraînée. Il faut changer l'entraînement.

Pourquoi est-on classé par les autres « populaire » ou « paumé » ?

Sofia, 13 ans

Tu es, Sofia, en quatrième et, comme chaque année, me dis-tu, tu te retrouves amie avec ceux que tu appelles les « marginaux », les « paumés ». Et tu subis de ce fait les moqueries des autres, essentiellement des filles « fashion », « belles » et surtout « populaires ». Tu me racontes donc un monde divisé en deux camps, et tu t'interroges : pourquoi on est classé dans l'un ou l'autre ? Comment fonctionne la popularité ? Elle dépend, je crois, de deux choses. Des critères en vigueur là où l'on vit : si, comme dans ta classe, on ne privilégie que l'apparence, il ne fait pas bon être, comme toi, « intelligente, brillante et mature » (c'est l'avis de tes profs). Une tête pleine au milieu de têtes vides, ça fait désordre ! Mais elle dépend surtout de soi-même. Pourquoi ? Parce que l'image que les autres nous renvoient de nous n'est rien d'autre que celle que nous avons (consciemment et surtout inconsciemment) de nous-mêmes. Et qui n'a rien à voir avec la réalité de ce que nous sommes : on peut être beau et se penser moche. Contrairement à ce que nous croyons, nous ne sommes donc pas à la merci des autres puisque nous pouvons changer la façon dont ils nous voient. Comment ? En nous demandant d'où vient l'image (négative) que nous avons de nous-mêmes. Elle vient toujours de quelque part. Du fait par exemple que nos parents, déjà, se dévalorisaient, de la façon dont ils nous ont considérés, des événements subis depuis l'enfance (difficultés, échecs, humiliations...). Qu'est-ce qui ferait, Sofia, que tu te penses incapable d'imposer ce que tu es et d'attirer la popularité ? Il faut que tu cherches (éventuellement avec l'aide d'un psy) et que tu trouves, c'est essentiel. Sache en tout cas qu'après avoir lu ta (très remarquable) lettre, j'ai pour ma part vraiment envie que tu y arrives. Vas-y !

Est-ce que 50 ans, c'est vieux ?

Balthazar, 6 ans

Qu'est-ce que tu en penses, toi, Balthazar ? Je te pose la question, parce que, quand j'avais ton âge, moi je trouvais ça super vieux, 50 ans ! Ce n'est évidemment pas vrai ; et ça l'est de moins en moins, car les progrès de la médecine permettent que la vie soit de plus en plus longue (en tout cas sur notre continent, car ce n'est – hélas ! – pas le cas partout). Si l'on peut vivre jusqu'à 100 ans ou presque, 50 ans c'est la moitié de la vie… Mais il est normal que les enfants pensent que 50 ans (et même 30 ans), c'est vieux. Parce que l'âge adulte, quand on est enfant, c'est comme une montagne quand on la voit de loin. Elle paraît si grande que son sommet semble inatteignable. Et puis, quand on devient adulte, on n'a plus du tout la même vision de la montagne, parce qu'on est arrivé sur ses pentes et qu'on la gravit, petit à petit. Alors, même si l'on regarde vers le haut, vers la fin du chemin, on ne le voit plus comme avant, quand on le regardait d'en bas et de loin. Et puis, tu sais, il y a une autre chose qui est importante, tu t'en rendras compte. C'est que l'âge, c'est bien sûr celui de l'état civil et du corps, mais c'est aussi celui de la tête et du cœur. Tant que l'on a envie de vivre, d'aimer, d'avancer, de se préoccuper du monde et des autres ; tant que l'on est prêt encore à rejouer toutes ses cartes et à se lancer dans une nouvelle aventure, quelle qu'elle soit, on n'est pas vieux. On peut donc, tu vois, être vieux à 50 ans (mais aussi à 20 ans, et même bien avant) ou ne pas l'être. Bonne vie, Balthazar ! Et surtout n'oublie jamais, en grandissant, de prendre soin de ta jeunesse.

Pourquoi on pleure quand les gens meurent ?

Bradley, 10 ans

En général, tu le sais, Bradley, on pleure quand on est triste. Et on peut l'être pour de nombreuses raisons. Certaines que les autres peuvent comprendre, certaines qu'ils ne comprennent pas, et d'autres même que nous ne comprenons pas nous-mêmes. Parce que ces tristesses-là, notre cœur en connaît les raisons alors que notre tête ne les connaît pas, ou pas encore. Lorsque quelqu'un que l'on aimait meurt, on est triste parce que l'on sait qu'il ne sera plus jamais là. Alors que c'était si important pour nous de le voir et de lui parler. Alors on pense à lui. À ce qu'il disait, à ce qu'il faisait, à la façon dont il était avec nous, à tout ce que l'on avait fait ensemble. On pense à des choses importantes et à d'autres qui en apparence le sont moins. À une plaisanterie qu'il avait faite, à une aventure qui lui était arrivée. On se repasse dans sa tête le film de la vie avec lui. Et on pleure. Parce que ce film, qui était gai, est tout à coup devenu triste parce qu'il n'est plus là. Et on pleure d'autant plus que, lorsqu'un être meurt, on le transforme sans s'en rendre compte en quelqu'un de plus formidable encore qu'il ne l'était. On oublie qu'il avait aussi des mauvais côtés (tout le monde en a…). On l'imagine parfait et cela nous rend sa mort encore plus insurmontable. Et puis le temps passe. On pleure de moins en moins avec les yeux, mais on continue à pleurer dans son cœur. Et puis un jour on ne pleure plus du tout. Mais on n'oublie jamais. On se souvient.

Pourquoi est-ce que les adultes ne jouent pas ?

Théodore, 5 ans

Ce que tu dis n'est pas tout à fait exact, Théodore, beaucoup d'adultes jouent. Bien sûr, pas tout le temps, et en tout cas pas autant peut-être que tu le voudrais. Mais c'est normal parce que, même s'ils aiment jouer avec les enfants, les adultes aiment aussi beaucoup de choses de leur vie d'adultes : leur amoureux ou leur amoureuse, leur travail, leurs amis, les livres, le cinéma… C'est-à-dire toutes les choses que tu ne connais pas encore, mais que tu connaîtras quand tu seras grand et qui font que ça vaut la peine de devenir grand. Cependant, tu as raison, il existe des adultes qui n'aiment pas du tout jouer et qui même, parfois, ne savent pas du tout jouer. Et ce sont en général des adultes qui n'ont eu personne pour jouer avec eux quand ils étaient petits. Parce que leurs parents pensaient que, pour grandir, il fallait seulement bien travailler à l'école et apprendre à ne pas mettre ses coudes sur la table. Et que le jeu n'était pas une occupation sérieuse. Alors qu'il est l'une des choses les plus importantes de la vie d'un enfant. Parce qu'il lui donne le pouvoir de devenir le magicien de sa propre vie, d'inventer des choses qui n'existent pas pour de vrai et d'en faire d'autres qu'il ne pourrait pas faire pour de vrai. Les moments de jeu sont indispensables pour un enfant parce qu'ils lui permettent de développer son imagination et de devenir créatif. Et ils le sont aussi parce que, alors qu'il doit s'obliger à tant de choses dans sa vie, il peut n'agir là que pour son seul plaisir. Et puis jouer, c'est aussi apprendre la relation avec les autres et le respect – si essentiel – de la règle du jeu. Continue à jouer, Théodore. Avec les adultes quand ils le veulent, et surtout avec tes copains. Bon jeu !

Puis-je sortir de mon histoire familiale douloureuse ?

Lucie, 15 ans

J'ai 15 ans et, depuis l'âge de 4 ans, je n'ai jamais eu d'amoureux. Je n'ai pas confiance dans les relations de couple car j'ai eu une histoire familiale difficile. Vais-je pouvoir en sortir ?

La lettre que vous m'avez envoyée, Lucie, raconte avec une remarquable intelligence ce que vous avez vécu. Le divorce de vos parents quand vous avez 4 ans (c'est l'âge à partir duquel vous n'avez plus eu d'amoureux, vous avez remarqué ?). La vie avec votre mère, sa haine de votre père (qui le lui rend bien), la façon dont elle le dénigre en permanence. Sa rencontre avec un autre homme auquel vous vous attachez, mais dont elle se sépare. L'aventure qu'elle a ensuite avec un autre, qui vous vaut d'entendre leurs ébats sexuels (vous avez 8 ans). Puis sa rencontre avec une femme qui vient vivre avec vous et, de nouveau, dites-vous, vous les entendez faire l'amour. C'est si pénible que vous réussissez à leur en parler, mais elles n'en tiennent pas compte. Alors, chaque nuit, vous devez aller frapper à la porte de leur chambre (vous avez 9 ans)… Il y a de quoi avoir des problèmes avec les relations de couple, vous ne croyez pas ? Pendant ce temps, votre père a refait sa vie avec une femme que vous auriez aimé avoir pour mère, et vous regardez l'enfant qu'ils ont ensemble qui a droit, lui, à une enfance… Et vous me demandez si, malgré tout cela, vous pourrez réussir, vous, à avoir une relation stable et à être mère. Mais bien sûr, Lucie ! Vous connaissez déjà, en partie, les liens qui vous emprisonnent. Il faut juste, je crois, aller, comme vous l'évoquez, voir un thérapeute qui puisse vous aider à comprendre de quelle façon cette histoire, si lourde, pèse sur vos épaules. Tenez bon, Lucie ! Le plus difficile était de résister à tout cela. Vous l'avez fait. Continuez !

Je déteste mon père parce qu'il a trompé ma mère.

Amandine, 14 ans

Tes parents se sont séparés, Amandine, quand tu étais petite. Tu ne l'as, dis-tu, jamais mal vécu. Tu te souviens seulement que, avant la séparation, ta mère a fait une dépression qui l'a envoyée, à plusieurs reprises, à l'hôpital. Aujourd'hui, vivant avec ton père, tu la vois plusieurs fois par semaine et, récemment, elle t'a appris la raison de leur séparation : ton père, t'a-t-elle dit, l'avait trompée. Depuis, tu la comprends, tu compatis, tu te sens coupable de lui avoir reproché, à l'époque, ses pleurs. Et (sans lui avoir parlé) tu détestes ton père « à cause de ce qu'il a fait ». Le problème, Amandine, c'est que tu ne sais pas (et moi non plus) ce que ton père a fait (ou n'a pas fait) à ta mère. Tu sais seulement ce qu'elle t'a dit et qui fait d'elle une victime. Or, dans un couple, il n'y a jamais un coupable et une victime. Les choses ne sont jamais aussi simples. On ne peut jamais, de l'extérieur, savoir ce qui se passe, mais une chose est sûre : c'est toujours compliqué. Tu as donc le droit de détester ton père. Mais j'ai le droit, moi, de me demander pourquoi ta mère a cru bon de te raconter cela. Et surtout pourquoi maintenant, alors que tu as 14 ans et que s'ouvre pour toi la perspective de la vie amoureuse. À quoi cela peut-il lui servir ? À te faire redouter les hommes ? Tu sais, Amandine, c'est souvent difficile pour les mères de voir leur fille devenir une femme. À cause de ce qu'elles-mêmes ont vécu avec leur propre mère. Tu devrais y réfléchir…

Je déteste depuis toujours ce que je suis et j'envie les autres. Pourquoi ?

Camille, 13 ans

Tu me dis, Camille, que tu te sens « pas à la hauteur », « pas bien », « différente des autres ». Et que, chaque fois que tu essaies d'être comme eux et de les intéresser, tu as le sentiment de te ridiculiser. Persuadée qu'ils sont tous mieux que toi, tu finis par être jalouse et, comme ça ne te plaît pas, tout cela se termine régulièrement en pleurs sur ton lit. Tes amis ne te semblent pas suffisamment proches pour que tu oses te confier à eux, et tu aurais peur, en le faisant, d'ennuyer tes parents. Tu es donc dans une grande solitude, en tête à tête avec la mauvaise image que tu as de toi-même. Et je ne peux que me demander d'où vient cette image qui te ressemble si peu (il suffit de lire ta très intelligente lettre pour en être convaincue) et que tu projettes sur les autres en pensant qu'ils te voient comme tu te vois. Je n'en sais rien, car tu ne me dis rien de ton histoire. Sauf une chose qui m'a mis la puce à l'oreille. Tu me dis que si tu évoquais tes problèmes devant ton frère, il te « rabaisserait ». Tiens, tiens ! Il fait ça souvent ? Je ne sais pas s'il est plus jeune ou plus âgé que toi, mais, de toute façon, un frère qui vous rabaisse, ça n'aide pas à se sentir une valeur. Tu devrais y réfléchir. Pourquoi fait-il cela ? Pourquoi est-il jaloux ? Pourquoi tes parents le laissent-ils faire ? C'est une piste parmi d'autres. Je crois que pour suivre cette piste (et bien d'autres) tu devrais aller voir quelqu'un qui fait le même métier que moi. Il faut en sortir, Camille. Se sentir « pas bien » alors que l'on est une fille bien, ce n'est pas juste. Il faut que cela cesse.

Pourquoi les enfants préfèrent-ils toujours la maison des autres ?

Astrid, 7 ans

De qui parles-tu quand tu dis « les enfants », Astrid ? De toi ? Alors pourquoi ne dis-tu pas « je » ? C'est drôle, la question que tu me poses est peut-être au départ la tienne (peut-être… encore que ce ne soit pas sûr), mais on dirait bien qu'elle a été reformulée par une grande personne. Je me trompe ? Et, de la même façon, tu me dis, pour conclure : « Cordialement ». Ça aussi, c'est un mot d'adulte. Si tu ne savais pas quoi mettre, tu aurais pu ne rien mettre, tu sais. Ce n'est pas grave. Quoi qu'il en soit, je vais répondre à ta question. Il y a des enfants qui préfèrent la maison des autres parce que la vie y est plus gaie que chez eux. Non pas parce que leurs parents sont de mauvais parents. Mais parce qu'ils sont des parents trop occupés et trop préoccupés pour arriver à mettre un peu de gaieté dans leur vie et celle de leurs enfants. Et parfois même pour se rendre compte que leurs enfants auraient vraiment besoin de cette gaieté. Et puis il y a des enfants chez qui la vie est gaie, mais qui ont l'impression que c'est encore mieux ailleurs. Parce que, quand on ne connaît pas le quotidien d'une famille, on ne peut pas voir les problèmes. Et l'on peut avoir l'impression qu'il n'y en a pas alors qu'il y en a toujours… Mais, de toute façon, on a le droit de préférer la maison des autres. Et même de se dire que la maison que l'on aura à soi plus tard, sa maison de grande personne, elle ressemblera à la maison des autres. Parce qu'on est obligé d'obéir à ses parents, c'est important. Mais on n'est pas obligé d'avoir les mêmes goûts et les mêmes idées qu'eux. Chacun sa personnalité…

Je me dispute toujours avec mes parents et ensuite je me taillade le bras. Comment arrêter ?

Lola, 12 ans

Tu te disputes sans arrêt avec tes parents, Lola. Il faudrait comprendre pourquoi. Et surtout pourquoi, après ces disputes, au lieu de pleurer, ou d'être en colère, ou de téléphoner à des copains pour te réconforter, tu t'enfermes seule dans la salle de bains pour te taillader le bras avec des ciseaux ou le rasoir de ton père. En pensant que « ça te débarrasse de tes souffrances et que c'est la seule chose bien de ta vie ». Ce que je ne crois pas. Parce qu'une chose bien, c'est une chose qui mène quelque part. Alors que ça, ça ne mène nulle part. Sauf à recommencer indéfiniment comme un hamster qui tourne dans sa cage. Ce n'est donc pas une solution. Pourquoi fais-tu cela ? Parce que les blessures du corps, aussi douloureuses soient-elles, font moins mal que celles du cœur ? Parce que, blessée pour blessée, si l'on se blesse soi-même, on évite au moins de subir ? Je ne sais pas. Mais, pour que tu fasses cela, il faut que l'on ne t'ait jamais appris ta valeur, celle de ton corps et la nécessité de les protéger. Tu me dis d'ailleurs que tes parents ne se doutent de rien parce que tu caches tout sous des pansements. Ce ne sont pas, à mon avis, tes pansements qui expliquent leur aveuglement, mais leur propre enfance avec des parents qui ne les ont sans doute pas écoutés. Il faut arrêter tout ça, Lola. Ta famille ne t'entend pas, mais d'autres peuvent t'écouter : enseignants, assistantes sociales, psys, médecins… Cherche et tu vas trouver. Et donne-moi vite de tes nouvelles. Parce que, je t'assure, même si je ne te connais pas, l'idée qu'à 12 ans tu te fais volontairement du mal toute seule dans ta salle de bains, ce n'est vraiment pas supportable. Je peux compter sur toi ?

Est-ce que je peux me faire kidnapper en allant à l'école ?

Elsie, 11 ans

On ne peut jamais, chère Elsie, dire qu'une chose ne peut pas arriver. Car si l'on y réfléchit, tout peut arriver. Y compris que toi ou moi trouvions un matin une girafe devant notre porte, parce qu'elle se serait justement échappée à cet endroit d'un camion qui la conduisait dans un zoo… C'est possible. Mais, reconnais-le, peu probable. Car ce type de rencontres n'est pas fréquent. Les enlèvements d'enfants ne le sont pas non plus, heureusement. Même s'ils paraissent souvent plus nombreux qu'ils ne le sont parce que, lorsqu'ils surviennent, les médias en parlent, à juste titre, beaucoup. De toute façon, le problème, en matière de kidnapping, n'est pas : « Est-ce que ça peut m'arriver ? » C'est : « Imaginons (il y a peu de chances, mais bon…) que cela m'arrive, qu'est-ce que je fais ? » Et il faut bien comprendre qu'un enfant n'est pas un objet passif dont on peut s'emparer comme on vole une pomme. Les kidnappeurs d'enfants comptent en effet sur trois choses : leur force d'adulte bien sûr, mais surtout la peur de l'enfant et sa crédulité (on lui raconte une histoire, il la croit et on l'emmène…). Et il faut savoir qu'ils sont toujours très, très lâches : ils n'agissent que s'ils sont sûrs de ne courir aucun risque. Il faut donc faire en sorte de leur compliquer au maximum la tâche. Comment ? En ne les croyant jamais : on ne suit jamais un ou une adulte inconnu(e) ou peu connu(e), quoi qu'il ou elle dise. En demandant tout de suite de l'aide au premier adulte qui passe et, s'ils insistent, en hurlant le plus fort possible. Tu n'es pas un petit mouton perdu face aux loups, Elsie. Tu es une fille intelligente. Les loups n'ont qu'à bien se tenir !

Pourquoi maman ne veut plus que je boive au biberon et que je suce mon pouce ?

Victor, 6 ans

Quel dommage que tu ne sois pas devant moi, Victor ! Je t'aurais demandé de chercher toi-même la réponse à ta question. Et je suis sûre que tu l'aurais trouvée très vite. Réfléchis… Est-ce que tu portes encore des petits habits de bébé ? Non ? Est-ce que tu marches encore à quatre pattes ? Non ? Est-ce que tu dors encore dans un berceau ? Non ? Est-ce que tes parents te promènent encore dans une poussette ? Non ? Est-ce que tu fais « aggeuhh-arreuhh » avec ta bouche parce que tu ne sais pas encore parler ? Non ? Donc…, si j'ai bien compris, tu n'es plus un bébé. Alors explique-moi pourquoi, n'étant plus un bébé (et depuis longtemps puisque tu as 6 ans, l'âge du CP), tu veux encore boire dans un ustensile pour bébé. Parce que le biberon, je te le rappelle, est un ustensile pour les bébés. Il est normal qu'ils s'en servent parce qu'ils sont encore trop petits pour tenir un verre, une tasse ou un bol. Mais un biberon dans les mains d'un grand, franchement, c'est bizarre ! Tu imagines ton père, à son travail, sortant un biberon d'un tiroir quand il a soif ? Tu imagines un cow-boy dans un film en train de boire au biberon ? Et tu imagines la tête des filles à l'école si, alors qu'elles sont intéressées par un garçon et se disent qu'elles aimeraient bien l'avoir comme amoureux, elles le voient tout à coup sortir un biberon de sa poche ? Au secours ! Lâche ton biberon, Victor (et aussi ton pouce, c'est pareil !). Ta mère a raison. Tout cela n'est plus de ton âge depuis très longtemps.

J'habite depuis toujours au même endroit et je vais déménager. Je m'inquiète beaucoup...

Léa, 12 ans et demi

Il est normal que tu t'inquiètes, Léa. Quitter un lieu que l'on connaît bien n'est jamais simple, et la sagesse populaire le rappelle par le biais d'un dicton que tu connais peut-être : « On sait ce que l'on perd, on ne sait pas ce que l'on trouve. » Et tu me dis bien d'ailleurs que c'est cela que tu redoutes : ce que tu vas trouver quand tu auras déménagé. Et tu le redoutes d'autant plus que, comme nous le faisons tous (adultes ou enfants) lorsque nous sommes saisis par la peur, tu transformes les événements à venir en cauchemar. Et tu es aussi angoissée que si tu partais pour une planète lointaine dont tu ne connaîtrais ni la langue ni les mœurs. Or tu pars dans une ville proche : tu ne perdras donc pas tes amies actuelles. Et, là-bas, tu vas trouver quoi ? Un collège assez semblable au tien, avec des profs (certains sympas, d'autres moins, comme d'habitude). Et des filles, que tu ne connais pas encore, avec lesquelles tu vas tisser des liens comme tu en as tissé avec tes amies actuelles (tu as oublié que tu les avais, elles aussi, rencontrées un jour ?). Alors, où est le problème ? Et en plus tu sembles persuadée que, ayant toujours vécu au même endroit, tu n'as aucune expérience du changement. Mais c'est faux ! Tu as fait un jour, comme tous les enfants, une expérience de changement. Et elle était trois millions de fois plus difficile que celle d'aujourd'hui. C'est la première fois où tu as quitté ta famille pour aller à l'école (ou à la crèche, ou à la garderie) : une foule d'adultes inconnus, d'enfants inconnus… le saut dans le grand bain ! Tu t'en es sortie, non ? Alors, pars tranquille et fais-toi confiance. Quand on a réussi ce changement-là, on ne peut pas rater la suite. Donne-moi de tes nouvelles quand tu seras arrivée. Je pense à toi.

Pourquoi c'est difficile de poser aux grandes personnes des questions importantes ?

Paul, 7 ans et demi

C'est difficile à la fois à cause des grandes personnes et à cause de soi-même. À cause des grandes personnes, parce que certaines ne sont pas très abordables. Elles ne s'intéressent pas vraiment aux enfants et ne les écoutent pas vraiment. Mais ça peut être difficile même si on les sent prêtes à écouter. Parce qu'on peut avoir peur de leur faire de la peine. Une amie de maman qui venait toujours avec son mari, par exemple, quand elle ne vient plus jamais avec lui, est-ce qu'on a le droit de lui demander s'ils sont fâchés ? On peut avoir peur d'être impoli, ou même, si elle a l'air triste, de la faire pleurer. Et cette autre amie de maman dont le ventre a grossi, est-ce qu'on a le droit de lui demander s'il y a un bébé dedans ? Peut-être qu'elle a seulement trop mangé pendant les vacances et que ça va la mettre en colère… De toute façon, parler pour dire des choses vraies et importantes, c'est toujours difficile. Parler de la pluie et du beau temps, ce n'est pas compliqué. Mais dire des choses auxquelles on tient, c'est comme jouer aux cartes avec du vrai argent. Si on perd, c'est pour de vrai… Et c'est pour ça d'ailleurs que je te remercie de ta question, Paul. Elle était importante pour toi et tu as eu le courage de me la poser. C'est la preuve que tu es grand dans ta tête. Bravo !

C'est normal d'être jaloux ?

Kevin, 7 ans

C'est tout à fait normal ! Tous les enfants sont jaloux à un moment ou à un autre de leur vie. Et les grandes personnes aussi. Certains enfants sont jaloux parce qu'ils ont de vraies raisons de l'être : ceux dont les parents ne traitent pas de la même façon tous leurs enfants, par exemple. Et d'autres le sont pour des raisons qu'ils imaginent. Quand un petit frère ou une petite sœur vient de naître, que le plus grand s'imagine que le bébé va prendre toute la place et que ses parents ne s'intéresseront plus à lui. Ce n'est pas vrai, bien sûr, mais c'est difficile de ne pas le penser. Quant aux grandes personnes, elles peuvent être jalouses d'autres grandes personnes qu'elles pensent plus belles, plus intelligentes ou plus riches qu'elles. Mais les adultes sont jaloux surtout quand ils sont amoureux. Parce qu'ils ont toujours peur que leurs amoureux leur préfèrent quelqu'un d'autre. En général, ils essaient de se raisonner, mais ils n'y arrivent pas toujours. Alors, tu t'en rendras compte, plein de gens disent que ce n'est pas bien d'être jaloux et que c'est un défaut. Il ne faut pas trop les écouter. C'est toujours pénible d'éprouver de la jalousie : on n'est pas fier de soi et on le cache aux autres. Mais c'est un sentiment normal et il ne faut pas en avoir honte. Au contraire. Il faut en parler (à une grande personne, à un copain). Parce que ça permet souvent de se rendre compte que l'on s'est raconté des histoires, que ça n'en valait pas la peine, et de sortir de son cauchemar. Ouf !

Mon premier amour m'a larguée.
J'ai du mal à m'en remettre...

Éléonore, 16 ans

Il me semble qu'il y a, dans ce que vous me racontez, Éléonore, deux niveaux de lecture. Il y a d'abord le fait que vous ayez aimé passionnément un garçon, et qu'il vous ait, comme vous dites, « larguée ». C'est violent, et toujours très dévalorisant. Et cela explique sans doute que vous ayez peur de rester « une éternelle larguée que les autres prendraient en pitié »... Si vous voulez mon avis : il n'y a aucun risque ! Mais cela m'amène au deuxième niveau. Car ces doutes que vous avez sur vous-même ne sont peut-être pas dus seulement à la rupture, mais aussi à la personnalité du garçon que vous avez aimé. Il est, dites-vous, « très laid », renfermé, orgueilleux et cynique. Mais il vous a fascinée par son intelligence. Je me suis demandé si ce garçon (qui semble s'être construit dans une grande souffrance par rapport à son physique) n'était pas, inconsciemment, en rivalité avec vous, dont il admirait la beauté. Et si, par ailleurs, flatté par votre amour, il ne s'en était pas servi pour se prouver que, beau ou pas, il pouvait dominer une femme. Et même la dominer jusqu'à l'humilier (il vous a « larguée par texto », c'est violent et grossier). Si cette hypothèse vous semble recevable, il faudrait que vous vous demandiez ce qui, inconsciemment, vous aurait poussée à le choisir. À qui (à quoi ?) vous ferait-il penser ? Y réfléchir vous permettrait en effet de faire par la suite d'autres choix. Les garçons, beaux ou pas, mais intelligents, respectueux et capables d'aimer autre chose qu'eux-mêmes, cela existe.

Je suis très inquiète pour l'une de mes amies, comment l'aider ?

Mélanie, 14 ans

Vous ne pouvez pas, seule, aider votre amie, Mélanie. Votre amitié est certainement pour elle un point d'appui très important. Mais ce qu'elle vit est trop grave pour que cela suffise. Elle a, comme vous, 14 ans, et ses seuls soutiens sont son frère de 18 ans et ses chats : « Sans eux, dit-elle, je serais déjà morte. » Sa sœur aînée se conduit avec elle comme une mère tyrannique. Elle « lui crie dessus en permanence » et leurs parents laissent faire. Son père est incohérent. Laxiste pour certaines choses et d'une violence terrible pour d'autres, et il est surtout, comme sa femme, insensible à sa souffrance et inconscient de la gravité de son état. Votre amie boit, fugue, fait des dépressions et même des tentatives de suicide, mais cela ne les affecte en rien : ils considèrent qu'elle agit ainsi « pour se rendre intéressante ». Avec un cynisme qui fait froid dans le dos, son père lui a conseillé, lors de sa dernière tentative de suicide, « de ne pas oublier de ranger les médicaments ». Quant à sa mère, à qui elle demandait (sur vos conseils) à voir un psy, elle lui a répondu que ce n'était pas la peine… Résultat : outre la boisson, votre amie se fait manipuler par n'importe qui et couche avec n'importe qui. Vous avez peur qu'elle finisse par se droguer ou par réussir son suicide. Vous avez raison. C'est le risque. Il faut donc que des adultes l'aident. Il faudrait, je crois, que vous parliez d'elle à vos parents et alliez ensemble signaler son cas à l'assistante sociale du collège (ou de son quartier), qui peut – vos parents aussi, d'ailleurs – demander pour elle la protection de la justice. Son cas, en effet, en relève, car elle est en danger.

Depuis que mes parents sont divorcés, je dors avec maman. C'est bien ou c'est pas bien ?

Guillaume, 7 ans

Je pourrais évidemment te répondre, Guillaume, que ce n'est pas bien. Mais ce ne serait pas une réponse juste. Parce que les choses « pas bien », on en fait tous, tous les jours, et ce n'est pas très grave. Mettre ses doigts dans son nez, par exemple, ce n'est « pas bien » parce que c'est dégoûtant pour les autres qui nous voient et parce que, en plus, ils pensent que l'on est mal élevé. Mais bon ! Si on le fait quand même, la Terre ne s'arrête pas de tourner… Dormir avec son père ou sa mère, c'est une autre affaire, parce que ça, c'est grave. Pourquoi ? Parce que ça empêche de se construire dans sa tête pour devenir plus tard un adulte qui va bien et qui est heureux. Tu penses que j'exagère ? Je n'exagère pas. Je te dis seulement ce que m'ont appris beaucoup d'adultes qui avaient dormi avec leurs parents. Et ça s'explique. Quand un garçon (et c'est pareil pour une fille) dort avec sa mère, il dort à une place qui est normalement celle du mari ou de l'amoureux de sa mère. Alors forcément, tout se mélange dans sa tête, c'est le grand bazar. Parce qu'il ne peut plus vraiment savoir qui il est : « Je suis qui, moi ? Le fils, le mari ? » Ce bazar provoque des problèmes. Tout de suite (toi, par exemple, tu as peur de dormir seul, ce qui à ton âge n'est pas normal). Et plus tard. Parce que quand le garçon, devenu adulte, dort avec son amoureuse, le grand bazar recommence : « C'est qui, celle-là ? Ma mère ? Ma fiancée ? J'ai le droit ? J'ai pas le droit ? » Tout devient compliqué. Retourne dormir dans ton lit, Guillaume. Et si ta mère est triste, rassure-toi. Je suis sûre qu'elle va trouver très vite un nouveau mari pour dormir avec elle.

Pourquoi les parents parlent toujours du travail ?

Astrid, 7 ans

C'est un peu compliqué pour moi de te répondre, Astrid, parce que je ne sais rien de ta vie de famille. Je ne sais pas si tes parents sont des gens qui parlent continuellement de leur travail comme s'ils étaient tout seuls. Ou si, tout en ayant des conversations avec leurs enfants, ils parlent entre eux du travail ou d'autres choses qui concernent leur vie d'adultes. Si tes parents sont dans le premier cas, c'est difficile pour toi et il faudrait que tu arrives à le leur dire. Parce que, quand on est un enfant, on a besoin d'avoir des échanges avec ses parents. De parler de la vie, du monde, de ce que l'on fait. D'émettre des idées, de discuter et même de se disputer. Mais si tes parents sont dans le deuxième cas, je crois qu'il faut que tu acceptes qu'ils ont, comme tous les parents, besoin d'une vie d'adultes, avec des conversations d'adultes sur des sujets d'adultes qui ne concernent pas les enfants, ou qui pourraient les concerner mais qui ne les intéressent pas. Le travail est un sujet d'adultes et tous les parents en parlent beaucoup. D'abord parce qu'il est important pour eux qu'ils puissent partager ce qu'ils vivent quand ils ne sont pas à la maison. Et puis parce que le travail aujourd'hui est un problème pour tout le monde. Il n'y en a pas beaucoup, il est de plus en plus difficile, etc. Donc les parents sont préoccupés et en parlent, comme tu parles, toi, de tes problèmes d'école avec tes amis. Tu comprends ?

Pourquoi je ne peux pas regarder la télé en mangeant ?

Basile, 6 ans

As-tu remarqué une chose, Basile ? Le langage, les mots, c'est parfois très rigolo. En lisant ta question, j'ai pensé par exemple à une expression qui existe en français, « dévorer des yeux ». Je ne sais pas si tu seras d'accord avec moi, mais je pense que c'est une expression très juste. Parce que, quand on regarde quelque chose qui nous intéresse vraiment, on fait entrer cette chose en nous par les yeux comme on fait entrer dans notre bouche une nourriture que l'on aime (une glace au chocolat, par exemple. Tu aimes les glaces au chocolat ?). Et c'est important pour ta question. Parce que si l'on regardait la télé en mangeant, cela voudrait dire que l'on dévorerait à la fois avec la bouche et avec les yeux. Et ça, ça ne peut pas marcher. Parce que le corps ne sait pas bien faire deux choses à la fois. S'il y est obligé, il en fait toujours une mieux que l'autre. Et, dans le cas qui nous occupe, ce serait les yeux qui gagneraient. Captivé par la télé, on finirait par manger mécaniquement sans savoir ce que l'on mange, ni même que l'on mange. Ce qui serait dommage – parce que ce que l'on mange est bon – et en plus dangereux. Parce que, mangeant comme un petit robot, on mangerait mal (en oubliant de mâcher, par exemple) et probablement trop. Et puis il y a un autre problème. C'est que si l'on regarde la télé en mangeant, on ne peut plus parler avec les gens qui sont autour de la table. Et ça aussi c'est dommage, parce que les repas sont des moments où l'on peut se retrouver. Conclusion : je pense que tes parents ont raison de t'interdire la télé en mangeant. La bouche ou les yeux : il faut choisir !

Mon copain m'a frappée pendant un an et demi. J'ai rompu mais je ne m'en sors pas. Aidez-moi.

Johannah, 16 ans et demi

Je vais commencer, Johannah, par un rappel que je pense utile. Dans un couple, quel que soit l'âge des protagonistes, il peut y avoir des problèmes. On les règle (ou pas) en parlant, en criant, en s'injuriant même éventuellement. Ce n'est jamais drôle, mais c'est normal. Ce qui n'est pas normal, c'est que les problèmes conduisent à la violence physique. Ce n'est pas normal et – il faut que vous le sachiez – cela relève de la justice. Votre copain vous a fait subir, dites-vous, « des étranglements, des coups de tête, de poing et de pied ». Vous auriez dû porter plainte, et il devrait être jugé pour ces actes. Je vous le dis fermement d'emblée, car vous semblez ne pas vous rendre compte de l'anormalité profonde de ce que vous avez vécu. Ce garçon (de 22 ans) est manifestement – du fait de son histoire – la proie d'une violence pathologique. Et il s'est conduit avec vous comme toujours en pareil cas : la rage passée, il venait pleurer, vous demander pardon, etc. Aujourd'hui, vous avez rompu, mais vous allez mal. Ce n'est pas étonnant : vous avez passé plus d'un an sans aucune aide (où étaient vos parents ?), livrée à un tortionnaire. Il faut donc, je le répète, porter plainte. Pour vous et pour éviter d'autres victimes : ce garçon doit être soigné. Et il faut que vous consultiez un professionnel pour comprendre ce qui vous l'a fait choisir. À quelle violence de votre histoire (agie par qui ? subie par qui ?) cela renverrait-il ? C'est nécessaire pour aller mieux et pour que cela ne recommence jamais.

Je suis amoureuse de mon meilleur ami depuis deux ans. Dois-je le lui dire ?

Marion, 14 ans

Je me sens bien incapable de vous répondre, Marion. Parce que, en matière d'amour plus encore que dans d'autres domaines, il est impossible de donner, de l'extérieur, des conseils. Une histoire d'amour – à 3 ans, 30 ans ou 90 ans – est toujours une histoire unique, subtile, complexe et mystérieuse. Elle est semblable à un matériau rare et précieux venu d'une autre planète : on n'en a pas le mode d'emploi. Donc pas de conseils. Mais quelques remarques néanmoins, car vous semblez raisonner comme s'il fallait absolument que ce soit vous qui parliez. Or, vous êtes deux, et ce garçon et vous êtes amis depuis deux ans. Il pourrait donc parler lui aussi. Pourquoi ne le fait-il pas ? Parce que, contrairement à vous, il n'est pas amoureux ? Ou parce qu'il l'est et n'ose pas le dire ? Il serait important de le savoir. Pensez-vous qu'il est intéressé par les filles ? Ce n'est pas sûr, vous savez. Un garçon de son âge peut ne pas l'être encore. De plus, vous semblez penser que l'amour doit forcément être dit avec des mots. Or il peut l'être de bien d'autres façons : par des regards, des gestes… Est-ce que ce garçon vous regarde ? Et comment ? Cela aussi, il faudrait le savoir. Car, vous avez raison, lui déclarer que vous êtes amoureuse peut, s'il ne l'est pas, rendre votre amitié difficile. Il serait donc important, je crois, d'évaluer la situation et de réfléchir. Et d'évaluer peut-être aussi vos sentiments. Car il est possible que vous vous sentiez amoureuse de ce garçon parce qu'il est le seul avec qui vous ayez eu jusqu'ici des rapports un peu proches. Réfléchissez. Un bon ami vaut mieux qu'un mauvais fiancé…

Je vis de plus en plus dans un monde imaginaire, mais je ne veux pas voir de psy. Pourquoi ?

Megachwin, 17 ans

Vous avez commencé à 8 ans, parce que vous alliez mal, à vous réfugier dans un monde imaginaire. Puis vous y êtes allée de plus en plus souvent. Au point de craindre aujourd'hui de le confondre avec la réalité. Votre vie réelle, par ailleurs, va mal : vous n'arrivez ni à parler aux autres, ni à organiser vos études et votre avenir. Votre mère vous a proposé de voir un psy, mais vous refusez et me demandez pourquoi. Je n'en sais rien évidemment, mais, dans votre lettre, des choses m'intriguent. Votre monde imaginaire, en effet, est celui d'un jeune homme magicien, ce n'est pas anodin. Pourquoi un jeune homme ? Vous n'aimez pas être une fille ? Et puis un magicien peut transformer à sa guise la réalité. Un coup de baguette magique, et hop ! Tentant, non ? Tentant, mais illusoire. Alors que nous pouvons tous, en faisant marcher notre tête et nos deux mains, transformer « pour de vrai » la réalité. C'est plus fatigant, mais aussi plus efficace… Votre aventure avec la magie a commencé à 8 ans. Que s'est-il passé quand vous aviez 8 ans ? Qu'auriez-vous eu besoin de fuir à cet âge ? Et que continuez-vous à fuir en refusant de quitter votre monde imaginaire ? Car c'est sans doute pour ne pas le quitter que vous refusez de voir un psy. Vous n'avez pas le choix, Megachwin. La magie, c'est bien quand on a 3 ans, mais, à 17 ans, on doit commencer à construire sa vie de femme. Il faut que vous sortiez de cette impasse. Allez consulter !

À quoi elle sert, la vie ?

Alicia, 12 ans

Dans ta drôle de lettre, pleine de questions tristes qui se croisent, tu commences par me demander, Alicia, pourquoi la vie existe. Elle existe pour chacun d'entre nous parce qu'un homme et une femme – nos parents – se sont un jour aimés. Beaucoup, un peu moins ou presque pas, mais en tout cas assez pour que leurs corps s'unissent et qu'un enfant soit conçu. La femme (sa mère) l'a porté, et puis il est né parce qu'elle l'a mis au monde, avec ou sans le père. « Mettre au monde », on dit qu'en français c'est synonyme de « donner la vie », mais ce n'est pas toujours vrai. Parce que des parents peuvent mettre un enfant au monde sans pour autant lui donner la vie. C'est-à-dire l'aimer, lui parler, le soutenir pour qu'il ait envie chaque matin de se réveiller, de vivre et d'avancer. Ces parents-là, tu sais, ils ne sont pas plus méchants que les autres (et sans doute pas moins non plus, d'ailleurs). C'est juste que leurs parents à eux, déjà, n'avaient pas pu leur donner la vie. Alors ils continuent avec leurs enfants. C'est bête, c'est triste, mais c'est comme ça. Maintenant, ta question : « À quoi elle sert, la vie ? » Je vais te dire, Alicia, du fond du cœur : la vie, elle sert à ce que l'on veut qu'elle serve. Parce que quand elle est là et qu'elle est solide, elle permet de faire ce que l'on désire. Tu as 12 ans et c'est sûrement très dur pour toi, aujourd'hui. Mais il y a une vie après la famille. Décide ce que tu veux qu'elle soit. Quel métier, quels amis, quels amoureux tu veux. Et surtout, travaille à l'école, parce que l'école, tu sais, c'est la porte du monde. Garde ma réponse dans un coin de ton cœur et de ta tête pour qu'elle puisse te parler les jours où tu seras trop triste. Avance, et surtout tiens bon ! Je pense très, très fort à toi.

BIBLIOGRAPHIE

ARIÈS Philippe, *L'Enfant et la Vie familiale sous l'Ancien Régime*, Paris, Seuil, 1975.

BADINTER Élisabeth, *L'Amour en plus*, Paris, Flammarion, coll. « Champs », 1981.

BECCHI Egle et DOMINIQUE Julia (dir.), *Histoire de l'enfance en Occident*, tomes 1 et 2, Paris, Seuil, 1998.

DOLTO Françoise, *Enfances*, Paris, Seuil, coll. « Points Actuels », 1986.

—, *Lettres de jeunesse. Correspondance, 1913-1938*, Paris, Gallimard, 2003.

—, *Lorsque l'enfant paraît*, 3 vol., Paris, Seuil, coll. « Points Essais », 2008.

KORCZAK Janus, *Comment aimer un enfant*, Paris, Robert Laffont, coll. « Réponses », 1998.

—, *Journal du Ghetto*, Paris, 10-18, 2000.

LANEYRIE-DAGEN Nadeije (dir.), *Les Grands Événements de l'histoire des enfants*, Paris, Larousse, 1995.

THÉBAUD Françoise, *La Femme au temps de la guerre de 14*, Paris, Stock, 1986.

Table

À HAUTEUR D'ENFANT

LE COURRIER DES ENFANTS

Du même auteur :

Grandir. Les étapes de la construction de l'enfant. Le rôle des parents, Paris, Fayard, 2009.

L'Autorité expliquée aux parents (entretiens avec Hélène Matthieu), Paris, NIL, 2008.

Pourquoi l'amour ne suffit pas. Aider l'enfant à se construire, Paris, NIL, 2006.

Parler, c'est vivre, Paris, NIL, 1997.

Le Livre de Poche s'engage pour l'environnement en réduisant l'empreinte carbone de ses livres. Celle de cet exemplaire est de :
250 g éq. CO_2
Rendez-vous sur www.livredepoche-durable.fr

PAPIER À BASE DE FIBRES CERTIFIÉES

Composition réalisée par NORD COMPO

Achevé d'imprimer en mars 2013 en France par
CPI BRODARD ET TAUPIN
La Flèche (Sarthe)
N° d'impression : 72525
Dépôt légal 1re publication : avril 2013
LIBRAIRIE GÉNÉRALE FRANÇAISE
31, rue de Fleurus – 75278 Paris Cedex 06

31/7330/9